インキュバス孕スメント
Incubus Harassment

インキュバス孕《はら》スメント

三《み》津《つ》留《る》ゆう

ILLUSTRATION：尾《お》賀《が》トモ

インキュバス孕スメント

LYNX ROMANCE

CONTENTS

インキュバス
孕スメント

1

「ったく、おまえは……！」

ため息混じりの叱責に、革張りのソファーの上で小さくなっていた友也《ともや》は首をすくめた。

「……すみません……」

「すみませんで済めばなあ、警察も閻魔《えんま》帳もいらないんだよ！」

苛立《いらだ》っているというよりは疲れた顔で、直属の上司の瀬戸《せと》が、壁に貼られた模造紙をバンと叩《たた》く。

「なんなんだ、この成績は！」

友也もちらりと、模造紙に書かれたグラフを見た。

グラフの下には、この事務所に所属する悪魔の名前が並んでいる。各々の名前の上には、今月の成績——この事務所の場合は、悪の道に堕《お》とすことができた者の数ということになるのだが——に応じて、丸型や星型のシールが貼られていた。

今月のトップは、先月に続き、悪魔歴一年にして界隈《かいわい》に名を轟《とどろ》かすイケメン悪魔の斯波《しば》だった。友也より二年も後輩だというのに、斯波のシールの数は二十八。今はまだ、月のなかばだ。単純に考えて、一日一人以上は人間を堕落させている。

しかも、星型のシールが貼られているということは、天使を堕落させたのだ。

天使を堕とすのは、人間を誘惑するよりも難易度が高い。当然、評価ポイントも高くなる。

星型のシールは、人間を堕としたときに貼られる丸型のシールよりも、いっそう輝いて見えた。実際に星型のシールは、丸型の黒とは違って、きらきら光る金色だ。

一方、成績最下位は火を見るよりも明らかだった。

斯波ほどではないにせよ、どの悪魔の名前の上にも、黒い丸型のシールが五個、十個と貼られている。その中で、丸型のシールも星型のシールもなし——つまり今月の堕落数ゼロ、そこだけまるで月初のようにまっさらなグラフの下には、友也の名前が書かれていた。

「おいコラ、友也！　なんとか言ったらどうなんだ、ええ⁉」

瀬戸の大声に、友也はますます首を縮めた。

「だから、すみませんって……！」

こんなことになるのなら、もう少し真面目そうに見える服を着てくるんだった。間違っても、先輩のお古の色あせたアロハシャツに、膝の抜けたジーンズなんて着てくるべきではなかったのだ。

けれど、雨の日が続いたせいで、洗濯していない服はこれしかなかった。残りの服はまだ、二階にある若い衆用の雑魚寝部屋の、洗濯機の中だ。

おそるおそる目を上げると、一階にある事務所には、初夏の陽光がさんさんと射し込んでいる。

ここは新宿《しんじゅく》・歌舞伎町《かぶきちょう》、こぢんまりとしたビルの一室だ。四階建てのビルは、一棟丸ごと世界悪魔協会の日本支部の借り上げとなっている。

友也の正面には、どっしりとした執務机があった。黒く大きな革張りの椅子に、この事務所の最上級悪魔である佐田《さた》が、しかつめらしく座っている。

その左手には模造紙と瀬戸、右手には、「一日一悪」と書かれた掛け軸がかかっていた。内装は、五年前、ここに引っ越してくる際に、実働部隊の長たる瀬戸が、人間界に馴染《なじ》むようにと映画で見たその筋の事務所を参考にしたらしい。だが、今どき墨書きの掛け軸や戦国武将の甲冑《かっちゅう》を並べても、それこそ時代錯誤な映画のセットみたいで、現代の暮らしからは浮いていた。

叱責を受けている最中にこんなことを考えているなんて、不真面目きわまりないことだ。いらないことを考えてしまうのは、こんな事態にも慣れっこになりかけているからだった。友也を責めているはずの瀬戸も、ついにはくたびれた声を出した。

「なあ、友也」

「……はい」

「仏の顔も三度まで、って聞いたことあるだろ？」

「……あります」

「仏さんでさえ三度までだぞ？　俺ら悪魔が、おまえのこと何度許してきたと思う？」

「すみません……」

さすがに申し訳なくなってきて、友也は頭を下げ直す。

「もういい、瀬戸」

岩石のような体軀《たいく》にふさわしく、佐田が太い声で言った。

「しかし、佐田所長」

「そうっすよ、瀬戸さん」

背後から聞こえたのは、友也の兄貴分に当たる飛石《ひいし》の声だ。飛石は、またひと回り貫禄《かんろく》のついた腹を揺らしながら、友也と瀬戸のあいだに割って入る。

「いくら言ってもダメなもんはダメですよ、友也なんですから」

――ダメなものはダメ。

何度も言われた台詞《せりふ》でも、聞くたびに少しは傷つく。いくら言われ慣れていたとしても、傷つかないわけではないのだ。

いかんともしがたい気持ちでいると、瀬戸の「そうだよなあ、友也だもんなあ……」という声が、痛む胸に追い討ちをかけた。

「おい友也。ちゃんとツラ見せろ」

佐田に言われて、友也はしぶしぶ顔を上げる。

「おまえ自身は、どうするつもりなんだ。今期のノルマ」

佐田の鋭い視線に射貫《いぬ》かれ、友也は視線を泳がせた。

「そ……それは……」

「だから言うだけムダですって、佐田所長」

下っ端にしては不遜《ふそん》な口調で、飛石が言った。

「悪魔になって三年、こいつが堕とせた人間が何人います？　二人ですよ、二人！」

「こんなみそっかす、百年に一度も見ませんよ」

瀬戸が二度目のため息をついたのを聞いて、友也はどうしようもなくうつむく。

友也だって、手を抜いているつもりはなかった。

けれど、三年前、悪魔としてこの事務所の世話になりはじめて以来、友也の成績は芳しくない。友也にはどうも、悪魔的な才能が欠けているようなのだ。

瀬戸が、哀れみの目を向けてくる。

「可愛《かわい》い顔してるくせに、ひとりも誘惑できないとはな……」

瀬戸と同じく、飛石まで可哀想《かわいそう》なものを見る目で友也を見る。

「顔だけは可愛いから、なんとかなるような気がするんですけどねえ……」

半眼でこちらを見やる上司たちから、友也は居心地悪く目を逸《そ》らした。

瀬戸や飛石の言うとおり、友也はなんというか、庇護《ひご》欲をそそる外見をしているらしい。

身長はやっと百六十センチ前半、華奢《きゃしゃ》で細っこい身体つき。目は子どもっぽく丸く、鼻は逆に小さく細い。目立って悪魔らしくなく見えるのは、ふわふわとまとまらない髪の毛だ。赤茶色に透ける細い毛は、悪魔というよりシャンプーしたての子犬のようだと、同僚によく撫《な》で回される。悪魔的、という印象からはほど遠い、平凡で平和な容貌だ。容姿の面でさえ悪魔には向いていないのかと、鏡を見ていても泣けてくる。

かろうじて悪魔的な特徴があるとすれば、心持ち尖《とが》り気味の八重歯と、自分の意思で引っ込めたり出したりできる蝙蝠《こうもり》のような羽、蜥蜴《とかげ》みたいな尻尾《しっぽ》くらいか。

だが友也は、悪魔の中でも最下級とはいえ、曲がりなりにも淫魔《インキュバス》なのだ。

友也が淫魔として組織に入ることになったのは、この事務所にやってきたとき、配属を決めるための能力試験で、過去最低の点数を叩き出したからだった。能力の低い悪魔は、たいていが淫魔として働くことになっている。難しいことを考えずとも、人間がもともと持っている本能を利用して、悪魔の子を産みさえすれば、組織に貢献できるからだ。

淫魔なら、もとの見た目はどうであれ、美男になったり美女になったり、ターゲットの好みに合わせて、姿も性別も自由自在に変えられるはずだった。

変化《へんげ》自体は、決して難しいことではない。なのに友也は、そんなことすらできなかった。

先輩悪魔は、口を揃《そろ》えて「もともとの顔が可愛いのが救いだ」と言う。ところが、この容貌が役に立ったのは、かつて人間だった斯波が声をかけてきたときだけだ。ただし、斯波はひとりで歩いている者はとりあえずナンパしてみる主義らしい。取り立てて、相貌がプラスに働いたわけではなさそうだった。

――悪魔界きっての、歴史的みそっかす。

悪魔になって一年ほどは、同僚たちも、友也のことを笑いながらそう呼んでいた。最近は、そんなこともめったに言われない。あまりにも友也の成績が悪すぎて、からかうのも哀れというムードが漂いはじめているからだ。

「しかしよう……」

これで案外面倒見のいい飛石が、友也に気の毒そうな目を向ける。

「おまえ、淫魔だっていうのにセックスもできねえで、この先どうするっていうんだよ」

「どうするって言われても……」

「まあ、どうするもこうするもねえわな」

佐田は落ち着いた声で言うと、おもむろに席を立った。

「おい友也」

「は……はいっ！」

「おまえ、このままの状態が続けば……わかってるだろうな」

ぎろりとこちらを向いた厳しい目に、鳩尾《みぞおち》のあたりがきゅうっと縮む。

「そ……それは、悪魔でいられなくなる、ってことですか」

「いつまでも特別扱いしてちゃ、ほかのヤツらに示しがつかねえ」

威厳のこもった佐田の声に、友也の胃はきりきりと絞られた。

悪魔が、その資格を剝奪される――それはすなわち、はぐれ悪魔になるということだ。

はぐれ悪魔は〝通り悪魔〟とも呼ばれていて、「魔が差した」と言われるときの〝魔〟、たとえば通り魔事件の犯人を襲う衝動の正体は、たいていがこの〝はぐれ悪魔〟のしわざだと言われている。

便宜上〝悪魔〟と呼び習わされてはいるものの、厳密に言うと、はぐれ悪魔は悪魔ではない。日本では妖怪の一種に分類されることもあるそれは、悪魔にも天使にも、人間にすらなれず、ひとりぼっちで世界のはざまを彷徨《さまよ》っている、孤独な意思の残骸だ。

「も……もう一度だけ！」

執務室を出ていこうとした佐田の足元にすがりつき、友也は必死で訴えた。

「もう一度だけ、チャンスをください！　今期こそは、ノルマを達成してみせます！」

佐田は、温度のない目でじっと友也を見下ろした。

「――今度こそ、できるんだろうな」

友也も、ごくんと喉を鳴らしながらうなずいて見せる。

「が……がんばります」

実のところ、幾度となく繰り返されてきたやり取りだ。

もうクビだ。いや今期こそは。今回も見逃してくれるかもしれないという期待と、今度ばかりはダメかもしれないという絶望で、友也の胸中は毎度ぐしゃぐしゃになる。

佐田はなおも友也を見ていた。

が、やがてふいと視線を外し、事務所の出口へと向かいながら言う。

「期末まで待ってやる」

「……！」

佐田の言葉に、安堵《あんど》でどっと力が抜けた。

すぐに姿勢を正して腰を折り、謝っているのとまったく同じ体勢で礼を言う。

「ありがとうございます！」

「ただし、期末になっても現状から変化がなければ……今度こそ、容赦せんからな」

「はいっ！」

友也が低頭していると、バタンとドアの閉まる音がした。車の遠ざかる音を聞き届け、ほうっと大きく息をつく。

「命拾いしやがって」

そうは言いつつ、瀬戸もなんとはなしにほっとした顔をしていた。

「佐田さん、なんだかんだ言って、おまえには甘いよなぁ……」

友也の味方をしてくれていた飛石は、ぽかんと口を開け佐田の去ったドアを見ている。

「ですよね……」

友也自身も、自分がいまだに資格剥奪とならないことが不思議なくらいだ。

なんせ、三年前にこの事務所に拾われて以来、友也が堕とせたものといえば、飛石の言うとおり本当に二人だけ。

そのうちのひとりは、やけくそで街頭スカウトをしていたところ、たまたまみずから悪魔になりかかっていた人間に当たっただけだ。もうひとりは、「人間でいるのも飽きたから」という、あまりに消極的な理由で堕とせた。

しかも後者は、「おにーさん、悪魔？　かわいーね。飲みにでもいかない？」と自分からナンパまでしてきた猛者《もさ》だ。それが現在、当事務所ナンバーワンの斯波なのだが、彼がどれだけ優秀な悪魔に育っても、スカウトした時点での得点カウントは1でしかない。

「でも、猶予をもらったわけですから。僕、今度こそがんばります」

拳《こぶし》を握ると、飛石は「ほらまた、そういうとこだっつーの」と呆《あき》れたように眉尻を下げた。

「友也はなぁ、いちいち言動が悪魔っぽくねえんだよ。『がんばります』とか『ちゃんとします』みたいなこと、ぺろっと言っちゃってさあ」

「は……そうですか？　僕、言ってます？」

「言ってるな」

瀬戸は難しい顔をして、バインダーを取り出した。

「おまえ、自分で報告してきただろう？　たとえば、先週」

「先週……？」

なにか悪いことをしただろうか、と友也は首をひねった。

悪いこととは、「悪魔的に悪いこと」――すなわち、人間的な感覚で言う〝善《よ》いこと〟を指すのだが、そんなことをした覚えはとくにない。

「水曜の深夜、おまえは、心の荒《すさ》んだＯＬが寝ている部屋に押し入っている」

「……あっ」

思い当たって、友也はつい声を上げた。飛石が「お、どうした？　友也のくせにやるじゃん」と口笛を吹くのを、瀬戸が忌々しげに睨《にら》む。

「問題はそのあとだ。おまえは、彼女が精神的に荒れているのは恋人と別れたばかりだからだと、寝入った彼女のスマートフォンを見て知った。それから、彼女の腹にタオルケットをかけ直してやって、なにもせず部屋を出てきたな」

瀬戸は、バインダーに挟んだ友也の報告書をこつこつと指の背で叩いた。

「だ、だって……！」

なにを言っても言い訳になる。わかっていながら、言わないわけにはいかなかった。

「あんまりにもひどいじゃないですか。ただでさえ傷ついてるところに、悪魔の子なんてできちゃったら……」

――それにやっぱり、いざコトに及ぼうとしても、どうしていいかわかんなかったし。

伏し目がちにぼそぼそと申し述べるが、後半は情けなくて言葉にもできなかった。

聞いていた飛石は、額に手を当て天井を仰ぐ。

「アホか。まさにつけ入るチャンスじゃねえかよ。なにやってんだ、おまえは」

「すみません……」

「ったく、悪魔のくせになあ。いらねえ気ばっか回しやがって」

飛石は、哀れみのこもった目で友也を見た。

「おい友也、わかってんのか？　俺らは悪魔なの、ヒドイことしてこそ悪魔なの。可哀想だとかなんだとか、そりゃおまえ、言い訳だぞ？　そーいうところがダメなんだよ」

「ダメだ、ダメだって……そんなにはっきり言わなくてもいいじゃないですか」

「人間なら、そういうとこも美徳になるんだろうがな。それこそ人間みてえじゃねえか」

「なっ……そんな、人間だなんて……！」

「いずれにせよ」

バインダーを持ったままの瀬戸が、副所長らしく仕切り直した。

「上半期の締めは六月末、あとひと月半しかないんだぞ。所長もおっしゃっていたとおり、なんらかの成績を挙げんことには、俺たちもどうにもしてやれんからな」

「はい……」

「ほら、わかったらとっとと行け。友也だけじゃないぞ、飛石も油断せずに励めよ」

「うーい」

適当に返事をする飛石とともに、友也はすごすごと事務所を出た。

「おまえもなあ、いろいろと気の毒に思わなくもねえけどな」

ベルトに乗った腹を撫でつつ、飛石は友也に言葉をかける。

「悪魔としてやってく気があるなら、気合い入れてやれよ。聞きたいこととかあれば、相談くらい乗ってやれるし」

「……ありがとうございます。がんばります」

言ってしまってから、はっとした。

また「がんばります」と言っている。悪魔らしくない物言いだと、さっき注意されたばかりなのに。

飛石も一瞬、頭の痛い顔をしていたが、「しょうがねえなあ」と友也の肩を叩いてくれた。

「まあ、なんとかこなせよ。じゃあ俺、寄るとこあっから。行くわ」

「はい、行ってらっしゃい」

後ろ姿で手を振る飛石は、近ごろ少し帰りが遅い。新しいターゲットを見つけたのだろうか。

(いいな……ちゃんと仕事、できてるんだ)

飛石の背中を見送ると、友也はなんとなく出てきたばかりの小ぶりなビルを見上げた。

——おまえもなあ、いろいろと気の毒に思わなくもねえけどな。

飛石が言っていたのは、友也の身の上のことだろう。

今から三年前、友也は悪魔となって道端で倒れていたところを佐田に拾われ、この界隈にやってきたのだと聞いている。この事務所で目を覚ましたとき、友也の頭の中からは、それまでの記憶がすっぽりと抜け落ちていた。

自分がここに来るまでどんな暮らしをしていたのか、どうして悪魔になったのかは、友也自身にもわからない。事務所に置こうと言ってくれたのは佐田だから、彼に頭が上がらないのは当然のこと、なんとかして恩に報いたいという気持ちもあった。

悪魔なのに、悪魔らしくない。飛石が言うとおりだ。

友也は、悪魔についての知識をほとんど持たなかったこと、人間と同じように食事をしたり、眠ったりしなければ身体が保《も》たないことからしても、もともと人間だったのだろう。

悪魔でないものが悪魔になるには、現状ふたつの道がある。

もっとも多いのは、元人間で、悪魔に誘惑されて堕落したというタイプだ。

次に多いのが、元は天使で、悪魔にスカウトされて堕天してきたという転職組。堕天は、天上界の勢力を削《そ》ぐという悪魔界の目的に直接貢献すると見なされるので、天使をスカウトした悪魔には、高得点が与えられる。

どちらにしても、もともと悪魔でなかったものは、悪魔になる前のことを覚えているのがふつうだ。少なくとも友也の周囲に、悪魔になる以前の記憶を持っていないというものはいなかった。

もちろん生まれつきの悪魔は、そのような記憶を持ちようがない。そういう輩《やから》は、総じて悪魔界での地位も高かった。堕天した元天使も、元人間のやつらよりは能力が高い。友也は、地位も能力も低い現状からしても、元人間だと考えるのが順当だということだ。

友也が目覚めたばかりのころ、事務所で飛石が教えてくれた、この世界のありさまを思い出す。

『俺も人間だったときはそうだったんだけどよ。天国や地獄ってのは、人間の住む世界とは別にあると思ってるだろ？』

『はあ……考えてみれば、そう思ってます』

飛石は、ちっちっと舌を鳴らした。

『それが大きな間違いなんだよ。天使も悪魔も、みーんな人間のふりして、この世界に住んでんの』

『この……って、人間が住んでる世界にですか？』

友也は困惑して目を見開き、窓の外に視線を転じる。

『でも見た感じ、天使も悪魔もいませんけど』

『当ったり前だろ、誰が馬鹿《ばか》正直に羽だの尻尾だの生やして出歩くかよ。おまえ、いかにも悪魔ですってビジュアルしたやつに近づこうと思うか？』

『ああ……たしかに』

『だろ？　でも、その証拠に』

飛石は顎をしゃくり、事務所に置いてあった新聞を示した。

『ひでえ事件も、奇跡みてえな出来事も、世の中にはふつうにごろごろしてるだろ』

新聞の一面には、みっつのニュースが大きく報じられていた。多額の現金を騙《だま》し取っていた結婚詐欺師の逮捕と乳児虐待、少年棋士の快進撃だ。

言われてみれば、世の中には、天国と地獄が共存しているのかもしれない。

飛石は、やれやれというふうに軽くかぶりを振った。

『まあこんなご時世だからな、地獄のほうはそれなりに繁盛してんのよ。おまえも、ちんたらしてるとスカウト勢に追い抜かれるぞ』

『スカウト……ですか』

『おう。天使ってのは、昇天した人間の中からこいつってやつをスカウトして増えるんだけどよ、悪魔のほうはな、地獄に落ちたやつに声かけても、たいがいまあ悪人なわけ。スカウトには応じねえし、死んでまで組織に入るなんてまっぴらだってやつもいるし……だから、生きてるうちに悪さするように唆《そそのか》して、こっち側にスカウトすんだよ』

『はぁ……』

『でもなあ、昔っから天使のほうが人気あっから、分が悪《わ》りいの。ま、就活みてえなもんだよな。優良企業とブラック企業ってとこか？』

——ってことは、僕が入ったのはブラック企業ってこと……？

飛石は、青ざめている友也に気づいたらしい。友也の背中を、力いっぱい叩いて言った。

『そんな顔してんじゃねえよ』

『痛《い》った……！』

『おまえもう、立派な悪魔なんだからな。悪魔らしく堂々としてろって。安心しろよ、うちの事務所で、しっかり面倒見てやるからな』

そんなふうにして突然はじまった悪魔としての生活だったが、三年も過ごしてみると、だいたいのことはわかってくる。

悪魔といえど、天使や人間と無用な対立や諍《いさか》いを起こすのは賢くない。そんなことは、悪魔だって承知している。

とくに人間は、今後悪魔になるかもしれない、いわば潜在的な同志なのだ。大昔ならいざ知らず、最近では、できるだけ恐怖感や嫌悪感を与えず、忍び寄るようにすり寄って、気がつけば隣にいるという接近の仕方がよいとされている。

そのために必要なのが、現代社会に馴染むカムフラージュだ。

友也が世話になっているこの事務所も、〝世界悪魔協会 日本支部 東京事務所〟ではあまりにもあからさますぎるということで、〝巨龍会《きょりゅうかい》〟という人間界の組織に似せた名称を使っている。どう見てもその筋の事務所の名前にしか見えないが、実際に、悪魔のうちにもピラミッド状の上下関係は存在するし、悪魔としての美学も、シノギにあたる仕事もあるのだ。

『悪魔だろうが天使だろうが、先輩がいてシノギがあるのはおんなじなんだよなぁ……』

いつだったか、事務所の納会で、酒に酔った飛石がしみじみと言っていた。飛石は人間時代、本当に暴力団の下っ端構成員だったそうだ。

その言葉には、元銀行マンだという瀬戸も、元ホストだという斯波も、うんうんと深くうなずいていた。のちに聞いたところによると、堕天したという元天使の悪魔まで、同じようなことを言っていたらしい。けっきょくのところ、人間界にある会社もその筋の組織も、さらに言えば天使も悪魔も、集団の構造自体は同じということだ。

　そして現在、友也がシノギにあたる仕事として割り振られているのは、おもに人員不足を補い、優秀な悪魔を生み出す、下級悪魔のポジションだった。すなわち、人間界では〝淫魔〟の所業として知られる仕事。

　それにしても――。

「どうしよう、今期のノルマ……」

　金曜の昼間、まだ歌舞伎町には人が少ない。

　その路上にぽつんと立って、友也は大きくため息をついた。うなだれる友也の横を、仕事上がりのくたびれきったホストらしき若者が歩いていく。

（こういう人だと、少しは堕落させやすいかな……）

　友也は首を巡らせて、去っていくホストふうの若者を見つめた。

　若い男の好みなら、飛石や斯波に散々聞いている。こんなふうに疲れ切っている人ならば、あるいは堕とせるのではないか。

　しかしすぐに、思い直してかぶりを振る。

　このあたりには、肝が据わっている人が多いのだ。男でも女でもそれ以外でも、疲れている人を唆そうとつきまとうと、「しつこい！」とドスを利かせた声で怒鳴られた。それは、なんというか、単純に怖い。

だが、いつまでもこんなことを言っていると、それこそ資格剝奪の危機だ。

自分は、絶対に悪魔でいなくてはならない。それは記憶を失い、自分にまつわることがすべてあやふやな友也の中で、なぜか唯一はっきりしている意志だった。

なにより、悪魔でいられなくなって、はぐれ悪魔になるのは怖い。

ひとりぼっちで、永遠に世界のはざまを彷徨うのは、いったいどんな気分だろう。こうして考えているだけで、肌が粟立《あわだ》つほどの恐怖を感じる。

はあっ、と絞り出すような息をついて、友也はがっくりと肩を落とした。

だいたい、悪魔でいなければなどと考えているところからして、悪魔としての適性に欠けているのだ。悪事を楽しく働けなくて、人間や天使たちに魅力をもって悪の道を説けるはずがない。

(僕がほんとに元人間なら、人間のままでいればよかったのに)

もう人間でもない、悪魔らしくもいられない。自分はいったい、何者なのか。

(……違う、こんなこと考えてる場合じゃないんだって)

情けない考えを振り切るように、友也はぷるぷると頭を振った。

友也が悪魔でいるためには、とにかく佐田の許しを得られる結果を出さなければならないのだ。この際、悪魔らしくなかろうが、以前の記憶を失っていようが、友也にとってはどうでもいいことだ。

（このままじゃダメだ、なんとかして追い上げないと）

なにかいい方法はないかと、算段しながら歩き出す。

（手っ取り早く、ポイントを稼げる方法は……）

成績を挙げるには、おもにみっつの方法があった。人間を堕落させると一ポイント、黒丸のシールひとつだ。天使を堕落させると三ポイント、星型のシールひとつ。

そして、淫魔にだけ可能なのが、みっつめの手段――悪魔の子を産むという方法だ。

人間界では、雄《オス》の淫魔はインキュバス、雌《メス》の淫魔はサキュバスと呼ばれている。淫魔は雄・雌ともに、子を孕《はら》むことも孕ませることもできた。どちらにするかは、ターゲットによって使い分ける。

悪魔の子を孕んで産むには、一年弱の時間がかかる。それ自体が大変な手間だが、生粋の悪魔を生み出せるのは、悪魔界にとって重要なことだった。それゆえに、子を孕んだ淫魔には、一年ぶんのノルマに相当するポイントが付与されることになっている。

こうなったら、早急に子を孕むしか方法がない。友也のことを、まだ事務所に置いておく価値があると――まだ悪魔のままにしておく価値があると、佐田に思わせなくてはならなかった。

（僕が、僕でいるためだもんな）

友也は踵《きびす》を返し、とぼとぼと歩き出す。

みそっかすの友也は、ほかの悪魔がするように、瞬間移動もままならない。足を止めれば、仲間たちから見放され、ひとりぼっちになってしまう。自分は、悪魔ではなくなってしまう。

そんなことになるのは、どうしてか絶対に嫌だった。

そのままぼんやりと歩き続けて、気がついたときには見慣れた風景の中にいた。

大きな川のそばの街だ。下町情緒の残る家々がなんとなく懐かしく、晴れた日の昼下がりなど、よくふらふら探索している場所だった。

最近は、このままの成績ではまずいという自覚もあって、自分にとっては未開拓の土地、できるだけ賑やかな都会を巡っていた。

そうした土地は肌に馴染まず、けっきょくここに戻ってきてしまったらしい。

(この街には、あんまり堕とせそうな人間っていないんだよな……)

狙える人間が少ないからか、このあたりではめったに悪魔の姿も見なかった。みんな都心へスカウトに出ているのだ。そちらのほうが人間の数も圧倒的に多いし、なにより荒《すさ》んだ人間が多くいる。友也たち悪魔が狙うのは、そういった心の隙間《すきま》だ。こんなのんびりとした下町よりは、生き急ぐように忙《せわ》しない都心へ出たほうが、得点を稼ぐチャンスは多くある。

だが、しかし。

(都会って、なんか苦手なんだよなぁ……)

ビル街を歩く人間は、高確率で近寄りがたい切れ者のオーラを放っている。そんな人間こそ、胸のうちは不安定だったりなんだったりで、優秀な悪魔たちには輝いて見えるそうだ。

けれど、友也はどうも、そういった人の圧力が苦手だった。無意識に、自分の不甲斐《ふがい》なさを感じるからか。そんな理由もあって、つい都会を避けてしまうからだろう。よけいに成績は上がらず、いつもいつも上司に叱責されるはめになる。

しかし、もう本当に後がない。こうなった以上、悪魔の子を孕むか、孕ませるしかないのだ。

(でも、どうやって？)

友也には、孕んだ経験も、孕ませた経験もなかった。人間だったときはどうか知らないが、ひとまず今は淫魔的に童貞だ。

恥を忍んで、飛石あたりにやりかたを訊《き》くしかないのだろうか。今までもそうしようと考えたことはあったのだが、なんと言って切り出したらいいのか、皆目見当がつかなかった。そもそも、ターゲットを定めたところで、知りもしない相手との交わりは、なんとなく気が向かない。

(そんなこと言ってるから、また悪魔らしくないって言われるんだよなぁ……)

悶々《もんもん》としながら歩いていると、どこからともなく、賑やかな歓声が聞こえてきた。

顔を上げると、いつのまにか教会の角に差しかかっている。

このあたりを散歩していると、遠くからでも屋根の上の十字架が見える教会だ。

聖堂は、年月を経た建物独特の、なんともやさしい顔つきをしていた。白壁に素朴な赤い屋根、飾り窓にも白い十字架。ちゃんとした悪魔であれば、十字架を見るだけで怖気《おじけ》がするものもいると聞くけれど、友也自身はわりと平気だ。

（みそっかすが、唯一便利に働いたとこかもなあ）

さらに言えば、神父ら聖職者の姿を見ても、友也はあまり恐ろしいとは思わなかった。悪魔なら、祓《はら》われると言って姿を見るのも嫌うはずだが、この教会の神父はとくに、小太りのむき卵のような初老の男で、どう転んだって憎めない。

神父を憎めないだなんて、本当に悪魔失格だ。後ろめたい気分になりつつも、聞こえてきた歓声が気になって、門柱の陰からひょいと教会の庭をのぞく。

すると――。

「みんなに行き渡る数はありますから。ひとつずつ、好きなのを選んでください」

そこに立っていたのは、むき卵神父からはほど遠い、長身の若い男だった。

「はぁーい！」

さきほどの歓声は、彼の前にいる子どもたちのものだったらしい。

そこで微笑《ほほえ》んでいる男は、年のころ、三十前後といったところか。清潔感のある黒髪をさっぱりと整えて、理知的な雰囲気の眼鏡をかけている。足首のあたりまでを覆う黒い詰襟の洋服は、張りと厚みのある胸板、ぴんと伸びた背筋を、より禁欲的に見せていた。

黒衣の腕は、カップケーキでいっぱいのかごを抱えている。

「はい、どうぞ」

「神父さま、ありがとー！」

小さな女の子が神父の手から受け取ったカップケーキは、表面にホワイトチョコレートをかけ、すみれの砂糖漬けを載せたものだった。次の男の子が受け取ったのは、真っ白なアイシングに銀のアラザンとレモンピール、中学生くらいの男の子が受け取ったのは、ミルクチョコレートのコーティングと白いココナッツフレーク、ピスタチオで飾られている。

ケーキはどれも、カラフルで愛らしい仕上がりだ。

だが、カップケーキよりも友也の目を引いたのは、子どもたちに手ずから菓子を渡す神父の横顔だった。

凛々《りり》しい眉、切れ長の目元、高い鼻梁《びりょう》に、薄めの唇。

神父さま、と呼ばれていたが、先日までは別の人がいたはずだから、よそから異動してきた新しい神父だろうか。

（新任の人だったら……ちょっと、警戒しないと）

友也は、彼の横顔から目を離せないまま考える。

あのむき卵のような顔の初老の神父は、ちょっと勘が鈍かったのか——考えにくいことではあるが、見逃してくれていたのか、悪魔である友也を祓おうとすることもなく、そっとしておいてくれた。

今度の神父は、どうだろう。このあたりをうろつく友也を、放っておいてくれるだろうか。

本来、聖職者が行う悪魔祓いは、人間に憑依《ひょうい》している悪魔などに対して行っていたそうで、単体でいる悪魔を祓うことはなかった。

ところが最近では、はぐれ悪魔の増加と悪質化により、悪魔は見つけたその時点で、人間に憑依していようがいまいが、牽制《けんせい》のために攻撃することになったと聞いている。

悪魔としての能力が極端に低い友也が、神父に攻撃されたらどうなるか――。

悪寒にふるりと身体が震える。

そのとき、子どもたちと一緒にテーブルについていた神父が、ふとこちらに顔を向けた。

「……！」

すべてを見通してしまいそうな漆黒の双眸《そうぼう》に、たしかに自分の姿が映る。

（やばい……！）

友也をはじめ、悪魔はみんな、ふだんは羽と尻尾を引っ込めている。ふつうの人間に悪魔だと気づかれることはそうそうなかった。とくに現代の日本だと、それこそ勘のいい神主か坊主、霊能力の強い人間に、怪訝《けげん》な顔をされるくらいのものだ。

しかし、目の前にいる神父は、あたりを見回すこともなく、まっすぐに友也のほうを向いた。こちらを向く前から、友也の気配を感じていたのだ。

――悪魔だと、気づかれてしまったのだろうか。

攻撃されることを覚悟して、友也はとっさに門柱の陰に身を隠し、ぎゅっと身を縮めた。

だがいつまで経《た》っても、聖水の攻撃も、祈禱《きとう》の衝撃もやってこない。

「……？」

おっかなびっくり薄目を開ける。

次いで周囲を見回すが、攻撃が逸れたような様子もない。

ただ友也は、眼前の光景にぎょっとした。

神父が、たしかに友也を見たというのに、また子どもたちのほうに向き直り、にこにこと紅茶のカップを手にしていたからだ。

「……なんで……？」

友也の口からは、間抜けな言葉が転がり出ていた。

どうして、悪魔を見たのに祓おうとしない？　そのままにしておけば、その場にいる子どもたちや地域の人に、害があるかもしれないのに。

だが神父は、友也のことなどまるで無視して、おいしそうにケーキを頰《ほお》張る子どもたちを見守っていた。口のまわりに溶けたチョコレートを貼りつけて、一生懸命学校での出来事を話す小さな女の子に、ときおり相槌《あいづち》を打っている。

信じがたいものを見た気がして、友也はぱちぱちと目をしばたたいた。

タイミングよく、ぐうぅ、と大音量で腹が鳴る。

「………………！」

友也は反射的に、また門柱の陰へと身を隠した。

（なんだってこんなときに……！）

思えばもう午後だというのに、朝からなにも食べていない。

それにしても、めったに聞かない音量の腹の虫だった。けれどそれも、仕方がない。友也は甘いものに目がない上に、子どもたちの食べるケーキが、あまりにおいしそうだったのだ。

まさかとは思うが、神父に聞こえていないだろうか。

ふたたび教会の中庭をうかがうと、ちょうど裏口に、〈高橋《たかはし》青果店〉と車体に書かれた軽トラックが停《と》まったところだった。

「よう、先生！」

バタン、と軽トラのドアを開け、朗らかに中年の男が降りてくる。紺色の前かけに帽子をかぶった彼は、ぽこぽこことボールのようなものでふくらんだ白いビニール袋を持っていた。

先生、と呼ばれた神父が立ち上がる。

「こんにちは、高橋さん」

「お、なんだ、うまそうなもん食ってんなあ」

子どもたちが食べているカップケーキを見て、高橋はわははと豪快に笑った。

「よろしければ、高橋さんもおひとつ」

「おう、すまんな」

神父にカップケーキのかごを差し出された高橋は、そのうちのひとつをわしりと掴《つか》んだ。綺麗《きれい》な抹茶色のチョコレートと、アーモンドダイスで飾られたものだ。

高橋は、ケーキをふた口で平らげてしまうと、神父に向かってずいとビニール袋を差し出した。

「ん、うまい。礼と言っちゃあなんだが、これ、もらってやってくれ」

「なあに、それ？」

神父の足元にすり寄っていた女の子が、袋の中をのぞき込む。興味津々といったその様子に、神父は小さく笑みを浮かべて、テーブルの上に中身が見えるようにして袋を置いた。

「わぁ……！」

現れたのは、つやつやした丸い果実だ。ひまわりの花びらのように明るい黄色と、茜《あかね》色がかったものが、みっつずつ。

「皮のとこにちょっとだけ傷が入ってっからさ、売り物にはならねえんだけど」

「ありがとうございます。いつもすみません」

「いやいや。あんたも偉いね、ここに来て早々、そんなに懐かれちゃってさあ」

高橋が目を向ける先には、神父の衣服にまとわりついている子どもたちがいた。

「この子が素直なおかげです。ありがたいことですよ」

「まあ、毎日こんなふうにうまいもん食わせてもらえりゃ、信用するしかねえよなあ」

わはは、と高橋は健やかに笑う。と思ったら、ふと眉根を寄せて、思案げな顔を見せた。

「にしても、聞いたよ。手伝いに来てた助祭さん、引っ越さなくちゃいけなくなったんだって？」

神父はうなずくと、子どもたちに目をやるように視線を伏せた。

「そうなんですよ。でも……お孫さんのお宅の近くに越されるそうですから、彼も賑やかに過ごされることと思います」

「つっても、大変だろ。手伝いもなしに、今までと同じ仕事をこなすのは」

「そうですね。欲を言えば、もう少し人手があれば助かるんですが」

「だよなぁ」

うんうんと大仰にうなずくと、高橋はバンと神父の肩を叩いた。

「ま、なんかあったら、ここいらのやつらはみんな、キリストもんじゃなくても教会には世話になってるからな。いつでも頼ってくれよ」

「ありがとうございます。頼らせていただきます」

神父が軽く頭を下げると、高橋は満足そうな顔をしてトラックに乗り込み、じゃーな、と手を振って去っていった。

（ふうん……すごいな。ここに来たばっかりだっていうのに、地域の人に受け入れられてて）

昔ながらの風景が残る土地には、あたたかな人間関係があるかわりに、新参者はなかなか入り込みにくい。そんな場所に、短期間でこんなにも馴染んでいる彼は、相当に人好きがするのだろう。

（そういえば……神父を狙うっていうのもありなのか！）

聖職者の子を孕むことができれば、稼げるポイントは倍になる。なぜなら、教会は、地域交流の要所だから。そこで影響力を持つ神父を堕としたなら、地域全体に影響を及ぼすことができる。

(僕に、できるか……？)

子どもたちに囲まれた神父は、みずみずしい果実を手におだやかな笑みを浮かべていた。

「上等なグレープフルーツですよ」

「神父さま、あしたのおやつにしてくれる？」

「ええ、もちろん。タルトにしましょうか、それともゼリーがいいかな」

神父の問いかけに歓声を上げると、子どもたちは、ぜったいタルト、ううん、おれはゼリーがいい、と各々の好みを口にしはじめる。

じゃれつく子たちの頭を大きな手で撫でながら、神父は目を細めて言った。

「考えておきましょう。明日も、寂しそうにしているお友達がいたら誘っておいで」

艶のあるあたたかな声が、胸の奥をとんと突いた気がした。

——寂しそうにしているお友達がいたら、誘っておいで。

はーい、と揃った子どもたちの声が、一瞬、水の中にいるように遠く聞こえる。

(僕も……)

あの輪の中に、入れたらいいのに。

神父に撫でられる子の気持ちよさそうな表情から、その手のぬくもりを思う。男らしく大きな手のひらに、守られるように撫でられるところを想像すると、胸の奥が、淡く痺《しび》れる心地がした。

(……って、なに考えてるんだよ、僕は……！)

力の抜けかけた身体を叱咤《しった》するように、ぶるぶると首を振る。

教会の中庭では、おやつの時間が再開されていた。子どもたちの話に、にこやかに耳をかたむける神父は、いかにも人徳者然としている。

(神父なんて、ふだんなら絶対に狙わないけど……)

聖職者を誘惑するなんて、堕落させる難しさからしても、攻撃されるかもしれないリスクを考えても、上級者にしかできない仕事だ。

けれど、もう友也には、ほかに打つ手がなかった。

ここで成果を挙げられなければ、組織からは追放、悪魔ではいられなくなってしまう。仲間から見捨てられた、ひとりぼっちのはぐれ悪魔になるのだ。

(——やるしかない、よね)

あの神父を誘惑して、僕は悪魔の子どもを産む。

神父の横顔を見つめながら、友也はここ一番の覚悟を決めて、きゅっと強く拳《こぶし》を握った。

初夏の陽は、思ったよりも暮れるのが遅い。

夜になるのを待つあいだに、友也はこっそり教会の中に足を踏み入れた。敵情視察だ。

暑いくらいに晴れた五月の昼間、教会の扉は外に向けて大きく開かれていた。周囲に神父や信徒がいないことを確認してから、忍び足で聖堂の中へと入る。

よく近くをふらついているわりには、聖堂の中に入るのははじめてだった。

外から見ると小ぢんまりとした教会だが、内部は思いのほか広い。

入り口から中へと進むと、使い込まれて飴《あめ》色になった作りつけの椅子が並んでいた。

二列の椅子のあいだには赤い絨毯《じゅうたん》が敷かれていて、その絨毯が行き着く先に、大きな十字架を掲げた祭壇が据えられている。友也の背丈ほどもありそうな十字架は、ステンドグラスから射し込む光を受けて、やわらかな金色に輝いていた。

(あの人、こういうところで働いてるんだ……)

子どもたちとテーブルについていた、神父の顔を思い返す。

彼は聖職者らしく、すべてを包み込んでしまうような慈悲深い表情を浮かべていた。その笑顔を思い出し、うっかりあたたかい気持ちになりかけて、友也はあわてて背筋を伸ばす。

(これから、堕落させる人なんだってば)

人間を堕落させようというときに、その相手を思って和んだ気持ちになるなんて。

なんとなくきまりが悪くきょろきょろとあたりを見回すと、出入り口の近くに、教会のパンフレットと〈お知らせ〉と書かれたプリントが置いてあるのを見つけた。

手に取ってみると、信徒に向けて作られたものらしい。〈今月の予定〉の欄にはミサのスケジュールが載っていて、その横には〈司式：氷川八雲《ひかわやくも》神父〉と書き添えられている。

「氷川、八雲……」

司式、という言葉ははじめて見るが、この教会で行われるミサの神父なら、お茶の時間に見たあの男の名前だろう。思わず口にした名は、記憶にある精悍《せいかん》な顔立ちにしっくりとよく馴染んだ。

聖堂の横にある扉から外に出てみると、子どもたちがカップケーキを食べていた中庭に出た。

木製のテーブルと椅子、子ども用のすべり台とぶらんこの向こうには、ちんまりと質素な二階建ての建物が見える。パンフレットを見てみると、司祭館という建物らしい。

（前の神父は、あの建物に住んでたはず）

このあたりを夜になってから通りかかると、司祭館に明かりが灯《とも》っているのが見えた。

夜中まで外をうろうろするのは、たいてい月末、いい加減に結果を出さなければと切羽詰まっているときだ。司祭館に灯る橙色《だいだい》の明かりを見て、ああ、神父ってたしか結婚できないんだよな、ひとりきりで寂しくないのかなあ、などと変な同情をしていたものだ。

（そうだよ。神父なんだから、奥さんや恋人がいるってこともないだろうし）

神父だって人間だ。ひとり寝の夜が続けば、寂しいことだってあるだろう。もしも神父が本当に寂しく感じていたならば、それこそつけ入る隙がある。

そんなふうに考えた友也は、怖気づきそうな心を奮い立たせて、夜もとっぷり更けたころ、再び司祭館の前に立ったのだが——。

（……どうしよう……）

扉の前で、友也は足をすくませた。

今夜は金曜日なだけあって、駅前には深夜になってもちらほら通りを歩く人の姿があった。けれど、もう終電も行ってしまったのだろう。このあたりはしんと静まり返り、潤んだような初夏の空には、いくつもの星がまたたいている。

建物の窓からは、まだ橙色の明かりが漏れていた。神父の氷川が起きているのは間違いない。毎度のことだが、ここからどうするかが問題なのだ。

（ちゃんとした淫魔なら、蝙蝠なんかに変身して家の中に入り込むって言うけど……）

みそっかすの友也に、そんなことができるはずがなかった。

だからいつも、鍵が開いている部屋を狙うか、馬鹿正直に呼び鈴を押すしかないのだ。最近は、インターホンもモニターつきが多くなっている。宅配業者の制服を着ているわけでもなく、住人にとって面識のない友也は、たいていが門前払いで追い返された。

都合よく狙った人間が、鍵を開けて眠っていることも稀《まれ》だった。窓から部屋に入ろうとして、警察を呼ばれたことさえある。

（やっぱり、呼び鈴でいくしかないか）

呼び鈴に指を乗せ、落ち着け、と自分に言い聞かせる。

思い出すのは、昼間、氷川神父がまっすぐ友也に向けた視線だ。

しかし氷川は、その場で友也を攻撃しようとしなかった。やはり、友也の正体には気がついていないと考えるほうが自然だ。

それに、聖堂からもらってきたパンフレットには、〈教会は、みなさんのために開かれています。お問い合わせはいつでも司祭まで〉と書かれていた。

氷川がこちらの正体に気がついていないのなら、羽も尻尾も出していない姿の友也は、そこらを歩いている青年にしか見えないだろう。それならば深夜、迷える子羊が救いを求めて司祭館の扉を叩いても、なんら不自然なことはない。

すなわち、訪ねていったところで、いきなり祓われるということはないはずだ。

「……よし」

押すぞ、と友也は腹を括《くく》った。

大きく深呼吸をして、呼び鈴を押し込もうとした――そのとき。

「いらっしゃい」

突然がちゃりと扉が開いて、友也は地面から数センチ飛び上がった。

「………!?」

扉の向こうに現れたのは、昼間見たキャソック姿から、シンプルなコットンのシャツに着替えた氷川神父だった。

対峙《たいじ》する覚悟はしていたものの、タイミングが悪すぎる。

縮み上がってものも言えずにいる友也に、氷川はやさしく口角を上げた。

「物音がしたものですから。きみは、昼間の？」

「あ……は、ひっ……！」

はい、と言いたかったのに、それどころではない。裏返った自分の声にさらに焦って、冷や汗が噴き出した。

「す、すみません……！」

反射的に謝ると、氷川はちょっと首をかしげて友也を見た。しかしすぐに半身を引き、招き入れるような姿勢を取る。

「よく訪ねてきてくださいました。どうぞ」

「……へ……？」

ぽかんとする友也を後目《しりめ》に、氷川はすたすたと室内へ戻ってしまった。

「え……いいの……？」

訪ねたのは、これから堕落させようとしている相手なのだ。あまりにあっさりと侵入を許され、罪悪感さえ覚えてしまう。

（いや、悪魔が罪悪感って、なんだよそれ）

淫魔のくせに、人間に対していらない気ばかり回す。そういうところが人間じみているからいけないのだ、と飛石に叱責されたことを思い出し、友也は思い切りかぶりを振った。

僕は悪魔だ。ちゃんとした悪魔でいるために、人間を堕落させなければまずいのだ。

こうなったら、なかばやけくそだった。

「し、失礼します……」

おそるおそる、足を踏み入れる。

玄関は広めの廊下につながっていて、その右手が居間になっているようだ。開いたままのドアから、ダイニングテーブルと、カウンターの向こうのキッチンが見える。

「どうぞ、こちらです」

奥から氷川が呼びかけてきた。

声に導かれて居間に入ると、ふわりと甘い香りが鼻をくすぐる。

「ちょうどよかった。お茶を淹《い》れますから、そこにかけていてください」

キッチンに立っていた氷川は、リビングに置かれたソファーを目で示した。

「あ……はい……」

友也は言われるままに、どっしりとしたソファーセットに腰を下ろす。

(あの反応……やっぱり、こっちが悪魔だとは気づいてない……?)

昼間、門柱の陰にいるのを見られたときから、神父に相談事のあるただの若者だと思われていたのかもしれない。だからこうして簡単に家に上げたのだ。

考えているうちに、かちゃかちゃと食器の触れ合う音がして、スリッパ履きの足が視界に入った。

顔を上げると、トレイを手にした氷川が、やさしげな笑みを浮かべて立っている。

「どうぞ」

氷川は、ソファーの前のローテーブルにトレイを置いた。目の前に差し出されたのは、店から買ってきたのかと思うほどに立派な、グレープフルーツのタルトだ。

「え……これ、僕に……?」

きょとんとしてタルトを指差し、目の前の男を見上げた。

「はい。素人の作ったもので申し訳ないんですが、明日、あの子たちに食べてもらう前に、味見をしてもらえると嬉しいなと思いまして。甘いもの、お嫌いではないでしょう?」

呆然《ぼうぜん》と、友也はタルトに目を戻す。

青果店の親父《おやじ》が持ってきたグレープフルーツは、ホワイトとルビーの二種類があったようだ。ていねいに種を除かれた果実は、タルトの上に彩りよく並べられ、つやつやと輝く透明なゼリーをかけられている。アクセントに添えられた、ミントの緑も爽やかだ。

「お口に合うといいんですが」

友也のななめ前に座った氷川は、楽しそうにこちらを見ていた。

(う……)

神父の出す食べ物を、悪魔が軽々しく口にしてはいけない――ような気がする。

けれど、こうも期待に満ちた目を向けられてしまったら、食べないというわけにもいかない。

なにより、友也は甘いものに目がないのだ。そんなことを知られているはずがないのに、にこやかにこちらを見つめる視線に、見透かされているような気分になる。

ままよ、と友也は、なりゆきに任せてフォークを手に取った。さくりとタルトに突き立てて、ひとかけら口に運ぶ。

「……！」

口腔《こうこう》に広がる味わいに、友也は目を見開いた。

グレープフルーツの果汁が、たっぷりと舌の上にあふれ出る。カスタードクリームは品のいい甘さで、ほろりと崩れるタルト生地にはきちんと塩が利いていて、甘苦い果実と合わさると、これ以上ないと思える組み合わせだ。

「おいしい……」

「よかった」

満足そうにうなずくと、氷川はポットから紅茶を注《つ》ぎ分けた。はぐはぐとタルトを平らげ、勧められるままにカップを取ると、紅茶からもふんわりと柑橘《かんきつ》のにおいがする。

「――それで、今日はどうしてここに？」

友也が紅茶を口に含んだタイミングで、氷川はしごくまっとうな質問を繰り出した。

「……ぐふっ」

それはそうだ。真夜中の訪問者と、突然のティータイム——むしろ、氷川がこんなに落ち着いていることのほうがおかしい。

「す、すみません。信徒でもないのに、いきなり訪ねてきたりして……」

「かまいませんよ。教会は、いつなんどきも、誰にでも開かれた場所です。司祭たる私も、そう在りたいと思っていますし……実のところ、こういった真夜中の訪問はよくあるんですよ」

「はぁ……こんな夜中に？」

「ええ、そうです」

氷川は、ソファーに座った膝の上に肘をつき、片方の手指を自分の頬に軽く添えた。背筋を伸ばして座るこちらの顔を、のぞき込むようにして見上げてくる。

「夜になると、弱った心、孤独な心が、悪魔に負けそうになるのかもしれませんね。悪魔は、そういった心の隙につけ入ると言いますから」

「……え」

「きみにも、心あたりがあるのでは？　だから今夜、ここに来たのではありませんか？」

背筋をつっとつめたい汗が流れ落ちた。

心臓が、どくどくと早鐘のように打ちはじめる。

なにか言わなくては、言い逃れになるようなことを。でなければ祓われてしまう、そうは思えど、喉からは掠《かす》れた息が漏れるだけで、言葉になってはくれなかった。

「あ……あの……」

「信徒ではないかもしれませんが、私はきみのことを知っていますよ」

「……え？　ど、どうして」

「今日の昼間、子どもたちとケーキを食べていたのを、門のところから見ていたでしょう。だから、甘いもの、お好きかなと思いまして」

氷川は、にっこりとタルトを指差した。

「あ……そういうこと……」

脱力して、友也はソファーの背もたれにへたり込んだ。悪魔だとバレているわけではないらしい。胸底からため息が漏れる。

はたして氷川は、おかしそうに肩を揺らした。

「昼間は、子どもたちのことを羨《うらや》ましそうに見ていましたね。お腹が空いていたんですか？」

「はぁ、まあ……」

たしかに腹は減っていたし、今、タルトを食べてしまったら、夕飯すら食べていないことに気がついた。一日中、成果を挙げるにはどうすればいいかを考えていて、食事をとろうという気にもならなかったのだ。

「ティーサロンには、きみも参加してくれてよかったんですよ」

「僕もですか？」

「あのサロンは、なんらかの寂しさを抱えている人たちに、少しでもそれを紛らわしてもらおうとはじめたものなんです」

ああ、だから——と、友也は空になった皿に目を戻した。

カラフルなカップケーキに、今食べた綺麗なタルト、可愛らしい見た目の甘い菓子。それを頬張っているあいだは、寂しさや悩みを忘れられる。まさに今、友也だってそうだった。

感心して、そうだったんですね、と言おうとしてどきりとした。

いつのまにか氷川がソファーを離れ、友也の前に立ちふさがっている。

「え？　なに……」

「教会は、誰にでも開かれた場所です」

氷川は、こちらにぐっと顔を近づけてきた。

「悩める者なら——悪魔でもね。歓迎しますよ、友也くん」

「…………!!」

吸った息が、ひゅっ、と妙な音を立てる。

——あくまでも？

言葉の綾かと思ったが、そうではないと本能的に悟ってしまう。第一、氷川にはこちらの名前を伝えていなかったはずだ。それなのに、彼は自分を友也と呼んだ。

まずい、と思った次の瞬間には、ぐいと肩を押され、ソファーの背もたれに押しつけられていた。

「……っ……！」

「――無防備ですね」

氷川の声が、目が、さきほどまでとはまったく違っている。底冷えのする低い声、つめたく光るレンズの向こうの、湖面のように凪《な》いだ瞳。身体の芯が、凍りついたように動かなくなる。

「な……なんで、僕のこと……」

蚊の鳴くような声で、友也は言った。

悪魔だとバレているのは、彼が優秀な聖職者だからだということで説明がつくかもしれない。しかし、どうして名前を知っている？

得体の知れない圧迫感に、友也はひと言も発することができずにいた。氷川は、ちょっと意外そうに片眉を上げる。

「なぜ、私がきみのことを知っているのか――とでも言いたげですね」

「は……」

「それはね」

氷川の手が、するりと友也の頬を撫でる。中庭で彼が女の子の頬を撫でていたとき、憧憬《どうけい》をもって見ていた仕草だ。けれどその手指は、ぞくりとするほどにつめたかった。まるで人のものではないような手のひらが、ひんやりと友也の肌を撫で下ろす。

「ずっと、見ていたからですよ。きみのことを」

「……！」

ぐいと友也の顔を上向かせたかと思うと、氷川はソファーに乗り上げるようにして、こちらの脚のあいだに片膝を割り込ませてきた。肩を押されてのしかかられると、身動きが取れなくなる。

「な、なにす……」

「さあ……どうしましょうか。あなたの目的は、なんですか」

「……、ッ……」

「おっと、動かないでくださいね。まだ、きみの目的を聞かせてもらっていませんよ」

氷川の声は、有無を言わせない圧力を持っていた。

当然だろう、彼は聖職者で、こちらは悪魔だ。少なくとも、なにをするつもりで訪ねてきたのかがわからなければ、逃さないという気概を感じる。

（――この駆け引きに失敗したら、僕は祓われる……？）

うなじから背中に、ぶわりと冷や汗が浮いている。なのに、喉はからからだ。彼の視線に射貫かれたように、氷川から顔を逸らせない。

（どうしよう）

この場で消されてしまっては困る。だが、このまま逃げ帰っても、実績を挙げられず、悪魔の組織を追放される。なんとかこの場を丸く収めて、しかも、目の前の聖職者を堕とすことができる手段は

ないのか。

考えれば考えるほど、頭の中は混乱してくる。

ごくんと空唾を飲んだ友也は、自分でも仰天するようなことを口走っていた。

「せ……精液、を」

耳に届いた自分の声に、氷川が怪訝な顔をする。

しかし、口にしてみると妙案に思えた。

もし淫魔だということまでバレているのなら、ある程度、友也の要求は予想されているだろう。いちかばちか、素直に要求してみるのもありかもしれない。

「あ……あなたの言うとおり、僕は淫魔です。お、おとなしく精液をもらえれば、あなたに危害を加えるつもりはありません」

いざ人間と対峙するときは、できるだけ自信を持って、尊大に。上司や先輩にあたる悪魔に、口を酸っぱくして言われていたことだ。

だが、動揺する様子を見せない氷川を前にしていると、焦りのほうが先に立つ。

本当は、能力の低い友也に、人間を直接害する力などない。せいぜい口車に乗せて、みずから悪いことをするように仕向けるか、それこそ淫魔らしく子を孕み、孕ませるかのどちらかだ。

今夜は、期末までの貴重な一夜だった。

妊娠だって、一発でというわけにはいかないかもしれない。だからこそ、せっかく司祭館まで入り込み、対話をするに至ったこの神父から、是が非でも子種を奪わなければならなかった。

そのためには、もう手段を問うてはいられない。

気がつけば友也は、せっかく偉そうに振る舞おうとしていたにもかかわらず、事務所にいるときと変わらない懇願スタイルに戻っていた。

「お願いです！」

友也は押さえつけられたままで、ぎゅっと目を閉じ、首を垂れた。

「僕に、あなたの精液をくださいっ……！」

正面にいる男が、かすかにたじろぐ気配を感じる。

ここぞとばかりにもう一段階深く頭を下げて、友也は一気にたたみかけた。

「僕、悪魔の中でもみそっかすなんです。本当は、あなたを攻撃する力なんてありません。それどころか、今期の成績次第では、悪魔でいられなくなっちゃう……」

「――それは、聖職者にとっては望ましいことだという認識は？」

「あ、ありますけどっ！」

友也は、自分の肩にかかったままの氷川の腕にすがりついた。

どうしよう、という焦りはさらに、友也の口から予想外の言葉を吐き出させる。

「だったらあなた、聖職者のくせに、悪魔は見捨てるって言うんですか！」

「……はい？」

突如語調を強めた友也に、氷川がまた眉を寄せる。

友也は友也で、自分の言動に驚いていた。なにを言っているのだか、もはや自分でもわからない。

「人間だったら、誰でも愛するっていうくせに……あなたたちの神様は、そんなに心の狭いやつなんですか!? なにも天国へ行かせてくれって言ってるんじゃありません、人間を堕とすこともできない悪魔が、ただ悪魔でいたいってだけなんですよ。それなのに、人間の心は救って、悪魔は救えないっていうんですか!? そんなの差別だ！」

早口でまくし立てながら、自分の言葉に膝を打ちたいような気分になった。

そうだ、友也はなにも、贅沢なことは言っていない。自分は悪魔なのだから、このまま悪魔でいたいというだけだ。

ところが、たったそれだけのことが、自分にはまともにできない。

鼻の奥が、泣きたいときのようにつんとした。

「だから……お願いします」

声が力を失うとともに、視界がじわりと滲《にじ》み出す。

「僕に、人間を誘惑できるような魅力がないのはわかってます。でも僕、まだ悪魔でいたいんです。来月までに状況を変えなくちゃ、組織から追い出されちゃうんです。ひとりぼっちの、はぐれ悪魔なんかになりたくない。もしもあなたの子が産めたなら、少しでも認めてもらえると思います。そうしたら、もうこの地域には近づかないって約束します」

淫魔なら、こんなふうに言葉で訴えずとも、性的な魅力で人間を誘惑できるものではないのか。どうして自分は、当たり前のことが当たり前にできないのだろう。

向かい合う氷川のシャツを摑んだまま、友也はすっかりうなだれたついでに、ぺこりともう一度頭を下げた。

「あなたの、精液をください……」

「――――」

氷川は、絶句しているようだった。

さもありなん、司祭のもとへやってきた淫魔が、精液をくれと懇願しているのだ。そんな情けない悪魔の話は聞いたことがない。

まして今、まさに友也は、氷川を害するだけの力はないと宣言してしまったところだ。悪魔がみずから聖職者に能力を開示するなんて、考えられないことだった。

ここから先は、氷川の慈悲の心に賭けるしかない。

祈るような気持ちで返答を待っていると、友也のつむじに思案する声が落ちた。

「そうですね……」

審判のときだ。友也はぎゅうっと目をつむった。

「そういうことなら、いいでしょう」

「……へ？」

あっさりとそう告げられ、友也は弾かれたように顔を上げた。

見開いた目を、ぱちくりとまたたく。

「い……いいの？」

氷川は、にっこり笑って言った。

「聖なる父を『心の狭いやつ』呼ばわりされたままでは、こちらも示しがつきませんからね」

「ほんとにいいの？　僕、悪魔だよ？　氷川さん、神父なのに……」

「もちろんです」

驚きのあまり敬語でなくなってしまった友也を、氷川はいかにも愉快そうに笑った。友也の顎の下に指を当てて持ち上げ、自分のほうを向かせようとする。

「きみが悪魔だとしても、私の精液を受け取ればこの地域に近寄らなくなるというのであれば、こちらにも利があるでしょう？」

「そ……そういうもの？」

「ただし――条件があります」

細めていた目を片方開けて、氷川は言った。

「条件？」

友也は、ごくりと空唾を飲む。

「ええ。精液は好きなだけあげましょう。そのかわり、私の仕事を手伝ってください」

「……はい？」

「ちょうど、人手が欲しかったんですよ」

「私の仕事って……教会の？」

友也がすっとんきょうな声を上げるのにかまわず、氷川はしっかりとうなずく。

「そのとおり」

泡を食って、友也は訊いた。

「人手、って……悪魔に教会の仕事手伝わせるとか、正気？」

「正気ですし、本気です。そばにいてもらえば、きみを悪の道から更生させるチャンスもあるかもしれないでしょう？　私には、二重に利があるというわけです」

「はぁ……？」

天使が堕天して悪魔になるというのはよくあることだが、悪魔が更生するというのはとんと聞かない。それほどに、悪の道は甘美なものなのだ。

だがしかし、こんなふうに正論よろしく言われると、まともに反論する気にもなれない。

「ああ、もちろん、より更生のチャンスを増やすために、手伝いは住み込みでお願いしますね」

「住み込み!?」

「そうすれば、あなたも精液を回収できる機会が多くなるでしょう？　私はこの司祭館に住んでいるんですが、二階にひと部屋空きがあるんです。そこを使ってくださってかまいません。どうですか？

悪い話ではないでしょう」

氷川は、したり顔で友也の目をのぞき込んだ。

整った相貌が異様に近づき、ばくばくと心臓が大きく打つ。

「え、えっと……」

コントロールが効かなくなりはじめた心拍を落ち着かせるために、友也は迫ってくる氷川の顔と自分のあいだに、「ス、ストップ！」と手のひらを差し入れた。

「で……でも、氷川さん、ほんとにいいんですか？　もし、仮にですよ？　本当に、僕に精液くれるっていうなら、悪魔とせ、……セ、セッ……」

「セックス、ですか？」

悪びれもせず言う氷川に、友也はつい渋面を作る。

この男、恥じらいというものはないのだろうか。いや、淫魔が恥じらいだのモラルだのを気にするほうがおかしいのだが——ああ、こういうことを気にしているから、飛石たちに「悪魔らしくない」「人間じみている」と叱責されるのだ。

「そう、僕と、セ……ックスなんてすることになって、それでいいんですか？　僕が淫魔だからってだけじゃありませんよ。氷川さん、神父様なのに」

「まあそれは、致しかたないでしょう。悪魔の誘惑は、主が私に与える試練だとも考えられます。それに打ち勝ち、悪魔を更生させて、この地域の安寧を守れるのであれば、それが最善の策かと」

「いいのかなぁ……」

なんとなく腑《ふ》に落ちない気持ちでいると、氷川はくすりと小さく笑った。

「おや、もしかすると、私のことを心配してくれるんですか？」

「へ？」

「やさしい、いい子だ。——可愛いですね」

「……、ッ……！」

艶やかに低めた声で言われると、頰のあたりがかあっと燃えるように熱くなった。

息を呑《の》んだその隙に、腰に腕を回され、抱き寄せられる。

「な、なにすっ……」

「なにをするか、って？　私に精液をくれと言ったのは、きみですよ？」

「そ……そうだけどっ……こんなことしたら……ッ、……！」

じたばたともがいているうちに、氷川は友也の身体をすっぽりと胸の中に収めてしまった。

氷川の手が、友也の背中を、触れるか触れないかの絶妙な力加減でくすぐるように撫でている。

「や……やっぱり、だめだ、って……」

身体がひくりとわななくことに、怖気づいて友也は言った。

「神父様なのに、堕落、しちゃ……うっ……」

「おや、やはり心配してくれている。可愛いな」

喉元に鼻先を埋《うず》めて喋《しゃべ》られると、ぞくぞくと妙な気配が背筋を走る。どうしてだか、引っ込めている羽と尻尾が出てきてしまいそうで、友也は必死にかぶりを振った。

「ぼ……くは、悪魔です……！　軽々しくいい子だとか、可愛いとか、言わな……、っ！」

「ですが、可愛いものは仕方がないでしょう。ねえ？」

かり、と耳たぶを噛《か》まれると、ひっと息が引きつった。

腰の奥に、ずくんと重くなにかが響く。

（なんだ、今の……？）

目をしばたたいていると、氷川の手が、するりとシャツの下に忍び込んできた。

「私のほうは、気にしていただかなくても大丈夫です。孤独なものを導くために、これは必要なことですからね。——思う存分、愛されていることを感じてください」

「……ッ、あ……！」

ちゅっ、と音を立てて唇が耳朶《じだ》に触れ、背筋がしなる。聞いたことがないほど甘ったるい自分の声に、友也は耳を疑った。

「羽や尻尾は、上手に隠しているんですね」

「ん、っ……」

「ああ——このあたりかな」

勝手に逃げようとする身体を、シャツの下にもぐり込んだ氷川の手が押さえつける。手のひらを背中に回され、肩甲骨のあたりを撫でられると、ぞくぞくと腹の奥から震えが込み上げてきた。

（なに、これ……）

今までに、味わったことのない感覚だった。

逃げようにも、手にも足にもまったく力が入らない。自分の身体の制御を失い、ばさりとシャツを脱がされて、心許《こころもと》なさが増幅する。

「や……やだ、これっ……」

「嫌？　きみが望んだことですよ？」

氷川は、友也の胸のあたりをするりと撫でた。胸の飾りは知らないうちに硬くなっていて、手のひらと擦《こす》れるだけで、淡く痺れるような刺激をもたらす。

人間の女のように、やわらかにふくらんだ胸ではない。真っ平らな胸なのに、弄《もてあそ》ぶように触れられるなんて。あまつさえ、触られて身体が反応するなんて、信じられなくて混乱した。

「ほら、ここも——桃色に染まって、愛らしい」

「ん、っ、あ……！」

立ち上がっていたところを、摘《つま》むように捻《ひね》られる。

びくんと身体が大きく跳ねて、友也はぐんと仰《の》け反《ぞ》った。彼の手から逃れようともがいた結果、ソファーの座面へと背中から倒れ込む。

「ずいぶん敏感なんですね」

友也を見下ろすその顔は、聖職者にはおよそ似つかわしくない、冷徹な気配があった。

「それとも、そういう手管なのかな。初心《うぶ》な反応で、相手を惑わせようという――」

「ち、ちが……っ、……こんなの、しらな……っ、……」

友也は、氷川の身体を押し返そうと、彼の胸に手を当てて突っ張った。だが、清廉な顔つきのわりに厚い胸板は、友也の力ではびくともしない。

「知らない？」

楽しげにさえ聞こえる声で、氷川は言った。

友也を見下ろす彼の顔は、天井の照明のせいで半分翳《かげ》り、よく見えない。けれどその姿は、後光を背負った神のように――いや、嘲笑するような表情からすると、まるで邪神のようにも見えた。

「……、っ……」

さっきまで身体を支配していたのとは、また別の種類の震えが走る。

ぞっと寒気を覚えたところで、予想もしない場所に触れられ、友也は声にならない声を上げた。

「――……！」

「では、ここが反応するのも、はじめてということですか？」

穿《は》いていたジーンズの前を、大きな手のひらが覆っている。捕らえた獲物を弄ぶように撫でさすられると、友也のそれは、抵抗のしようもなくむくむくと育ってしまう。

「なっ……なにす……、や、やめっ……ッ、……！」

そこに自分で触れたことくらい、なくはない。自分がいったい何者なのか、記憶をすっかり失っていても、食べることや眠ること、話すことと同じように、身体がやりかたを覚えていた。

けれど、少なくとも悪魔として目覚めてから、他人に触られるのははじめてだ。

自分でするのとはあまりに違う、強烈な刺激に腰が浮く。

「手管ならば、感服せざるをえませんね。実に扇情的で、うつくしい」

「や……触んない……で、ッ、あ……！」

やわやわと揉《も》み込まれると、陸に揚げられた魚のように全身がひくつき、視界がまたたく。常ならぬ身体の反応に、怖くなって逃げようとすると、強く腰を掴まれる。

「は、っ、……ん、ぅッ……！」

氷川の顔が近づいてきた、と思ったら、口にかぶりつかれていた。

友也よりもひと回り大きな身体が、友也のそれにぴったりと重なるようにして動きを封じる。体格にふさわしく男らしい手のひらが、友也の手首をまとめて掴み、頭上のあたりに押しつける。

その状態で唇を食《は》まれ、脚のあいだをからかうようにくすぐられると、敏感な場所にはすぐに血が集まり、痛いほどに熱く張り詰めた。

「く……っ、ふ……」

氷川の潔白な佇《たたず》まいからはとても想像できない、強欲なキスだった。吐く息までも、根こそぎ奪われていくようだ。

酸素を求めて唇を開くと、肉厚な舌を捩《ね》じ込まれる。ぬるつく舌は、意思を持った生き物のように口腔を這《は》い回り、意識をぼうっと翳《かす》ませる。

「んっ……、う……ァ……」

熱を帯びて溶け出した思考が、腰のあたりに流れ込んでいく。

息が苦しい。目の奥が熱い。唇を食まれ、ちゅうっと音を立てて吸われると、魂を吸い取られているような気さえした。

友也が味わっているのは、まごうことなき快感だった。

本来は、淫魔である自分が与えなくてはいけないものを、この男の手で与えられている。いいようにされている、と思うと、恐怖とも快感ともつかないものが、そわそわと肌を逸《はや》らせた。

「や……やめ、っ……」

「やめますか？　私はかまいませんが――ここは、このままではつらいんじゃないかと思いますよ」

氷川の指が、ぴっと器用にジーンズの前のボタンを外す。

「あっ……」

「きみは、淫魔なんでしょう？」

言いながら氷川は、そっと手首の拘束を解いた。

ほっとしたのもつかのま、するりと身体の位置をずらした氷川に、下着ごとジーンズを押し下げられて、また全身を硬直させる。

まろび出た友也の性器は、すでに物欲しそうに泣いていて、肌の温度がかあっと上がった。

「淫魔なら、私に精液を与えることだってできるはずだ。今日のところは、それができただけでも上への土産《みやげ》になるでしょう」

「あ、ぁっ……！」

濡れたものを握り込まれると、目の前で光が弾けた。

あふれる快液をまとった指が、雁首《かりくび》をひと撫でする。手のひらが幹を包み、ゆるやかに上下しはじめると、抗《あらが》いがたい快感に押し流されそうになる。

「あ……だ、め、……っ、や、やだぁっ……」

身をよじって瞑目《めいもく》しても、濡れた音が耳に流れ込む。そのことにまた煽《あお》られて、はしたなく先走りをこぼしてしまう。

ソファーから落ちそうになった身体を掬《すく》われ、背中側から抱え込まれるようにして扱《しご》かれると、なにがなんだかわからなくなりそうだった。うなじに落ちる、あたたかい唇。背中に感じる、人肌のぬくもり。自分をしっかりと捕らえている、たくましい両腕。

「あ、あぁっ――……！」

先端の割れ目を爪の先でくじられ、友也は悲鳴じみた声を上げていた。

その拍子に、隠していた羽と尻尾が、ばさりと飛び出てしまう。

「ああ、ようやく淫魔らしくなったじゃありませんか。……控えめで、慎ましいですね」

「や……ば、バカにし……てっ、ん、あぁっ」

幹を扱く手は止めず、氷川はもう一方の手のひらで、友也の背中の羽を撫でた。

蝙蝠のようにすべすべと黒い、小さな羽と、細い尻尾。ほかの悪魔よりもひと回り小さな羽は、友也のコンプレックスでもあった。

「馬鹿になどしていませんよ。こんな愛らしいものを」

「な、なに、言って……」

「うつくしいと言っているんです。しなやかなこれも、素直で、可愛らしい」

「あ、アっ……！」

尻尾の先は、いつのまにか氷川の腕に絡みついていた。

氷川の手が、羽と同じく、やわらかで短い毛の生えた尻尾に触れる。性器にするのと同じように、やさしく手のひらで摑んでさすり、根元のほうをこりこりと探られると、こらえきれない高波がやってきた。

「や……やだ、っ、……」

「嫌ですか？　なにが」

「で……でちゃ、うっ……」

すでに射精感は、弾ける寸前まで高まっていた。

他人の手が施す愛撫《あいぶ》に、自分がどうなってしまうのかわからない。

醜態を晒《さら》したくなくて、幼子がするようにいやいやとかぶりを振った。すると、ぞくぞくと恐怖に似た快感が這い上がる背中を、氷川の腕が抱きとめる。

「いいですよ」

小さな羽に、濡れた音を立てて唇が触れる。あたたかな手に羽を撫でられ、うなじに唇を押し当てられて、しっかりと身体を抱かれると、ふうっと身体が解《ほど》けそうになった。

「――おいで」

駄目だ、と思ったときには、とどめようがなく決壊していた。

びゅっと放物線を描き、白いものが噴き上がる。

「あ……あ、あぁっ……！」

何度も吐き出し、がくがくと揺れる腰を、氷川はずっと、引き寄せるようにして抱いていた。腰に回された氷川の腕を、友也の精液が汚していく。

「は……ぁ、っ……」

「上手に達《い》けましたね。――ほら」

氷川の指が、勢いあまって友也の頬まで飛んでいた精を掬い取った。涙の滲む目で指先を追うと、氷川はこれ見よがしに赤い舌を出し、白濁をねぶる。

「そ……んな、ことしたら……」

――氷川さんが、堕落しちゃう……。

整わない息では、最後まで言い切ることはできなかった。

だが、氷川には伝わっていたらしい。「いいんです」とまるで恋人にするように友也の身体をもう一度抱き、首元に鼻先を埋める。

「私の精液を差し上げるのは、仕事の手伝いをしてくれたあとに取っておきましょう」

氷川の腕に、ぎゅっと力がこもった。

悪魔を逃さないように、捕らえてでもいるつもりだろうか。

しかし、快感に流されてしまった友也の身体は、動こうにも動けなかった。それどころか、動き回った一日の疲れも相まって、急速にまぶたが重くなる。

「だから、それまでは」

耳元にあたたかな吐息がかかり、友也は言いようのない安堵を感じていた。

悪魔が聖職者の腕に抱かれて、落ち着いているなんてどうかしている。

けれど、悪魔になってから三年、こんな距離で他人に触れることはなかったし——いや、もっと、ずっと前から、自分はこんなぬくもりに飢えていた。

なんだかひどく、懐かしい心地だった。

だからだろうか、自分を抱いている男の、小さな声が聞こえた気がしたのは。

「——私のそばに、いてくださいね」

子どものころの、やさしい夢を見ていたのかもしれない。その声はどこか寂しげで、抱きしめ返してやりたいような気分にさえなったのだが——。
未知の快感に翻弄された友也の意識は、あっけなく眠りに落ちていった。

2

「よかったなあ、友也……！」

感激した様子の飛石にバンバンと背中を叩かれて、事務所のソファーに座った友也は、うっかり座面から転げ落ちそうになった。

「痛った……！　あ、ありがとうございます……」

「ったく、一時はどうなることかと思ったぜ」

後輩の心配をするなんて、飛石こそたいがい人間じみていると思う。だが、飛石がよかったよかったと胸を撫で下ろしてくれていることは嬉しくて、友也はぺこりと頭を下げた。

「ご心配をおかけして、すみません。これからはもっとうまくやれるようにがんばります」

「とはいえ、まだこの案件も初期段階だからな」

バインダーを持った瀬戸が、友也の報告書をめくりながら釘《くぎ》を刺す。

「相手のことを、決定的に誘惑できてるわけじゃないんだろう？」

「はい……相手が、それなりにしっかりしてる人で」

後ろめたさから、ふらふらと視線が泳ぐ。

友也が書いた報告書では、氷川が聖職者だということは明らかにしていなかった。あまり大物を狙っていると、「分不相応だ」「いきなり狙うと怪我《けが》をする」と怒られるのではないかと思ったからだ。

(でも……今回ばっかりは、うまくいきそうな気がするんだ)

黙ったままじっとこちらを見ている佐田をうかがいながら、友也は今朝、司祭館のソファーの上で目を覚ましたときのことを思い起こしていた。


「……ん……?」

物音がして目を開けると、カーテンの隙間からまぶしい朝日が射し込んでいた。

(あれ……朝……?)

眠い目を擦りながら起き上がると、肩の上からタオルケットがぱさりと落ちる。

その下から現れたのは、自分の剝《む》き出しの肩、ぴょこぴょこと揺れる羽と尻尾だ。それが目に入った瞬間、友也は盛大にぎょっとした。

「………!?」

「おや、目が覚めましたか?」

声のしたほうを見やると、デニム地のエプロンをつけた氷川が、リビングの端にあるキッチンのカウンター越しにこちらを見ていた。

「おはようございます」

「お……お、おは……!?」

状況が呑み込めず、口をぱくぱくさせていると、氷川がキッチンから出てきて、テーブルに皿やグラスを並べはじめる。

「よく眠っていましたね。気分はどうですか?」

「き……気分は、別に……」

「そうですか。よかった」

手を止めてこちらを見た氷川は、にっこりと目を細めた。

(あ……)

氷川の笑顔は、教会の中庭で、子どもたちに向けられたものと同じに戻っていた。昨日、友也を押し倒したときに見せた冷徹さはどこにも見えない。今、目の前にいるのが誰なのか、確信が持てなくなってくる。

「朝食は、食べられそうですか?」

ふいに声をかけられて、意識を戻した。

「えっ……朝食?」

「たいしたものは用意できませんが、よかったら」

氷川は、突っ立ったままの友也のところへ歩み寄り、腰に手を回してテーブルへと導いていく。

引かれた椅子に腰を下ろすと、テーブルには、剝き身のグレープフルーツが入ったガラスの器が置かれていた。みずみずしい果実が、朝の光にきらきらと光る。

「グレープフルーツに、塩、はちみつを加えて和《あ》えたものです」

説明を加えつつ、氷川は友也の手元に、水の入ったグラスを置いた。

思い出したように喉の渇きを覚えて、友也はぐっと水を呷《あお》る。喉が潤うと、次に感じたのは空腹だった。昨日は、タルトをたったひとつ食べたきりなのだ。

(そういえば、あのタルトもおいしかったな……)

教会の施設で聖職者に施しを受けるなんて、悪魔としてなにか間違っている。

けれど、ゆうべのタルトのおいしさを思い出すと、目の前にある誘惑に耐えることは難しかった。

ええいとばかりに、友也は手元のフォークを取った。

僕は悪魔だ。誘惑に抗ってどうする、積極的に負けていくべきだ。

「いただきます……」

「はい、どうぞ」

ごくごく小声のいただきますに、氷川は律儀に応えてくれた。

フォークを押し返してくる新鮮な果実を、口に運ぶ。

グレープフルーツは、友也が起きてくる直前まで冷蔵庫で冷やしてあったのだろう。甘くほろ苦くつめたい果汁が、涼やかに喉の奥へと染み渡った。

「あ……これ」

舌に残る風味にピンときて、友也はちょっと嬉しくなる。

「この味、スポーツドリンクに似てる……」

「ああ、そうかもしれませんね。水分と甘み、塩気とミネラルが揃っていますから」

氷川は、心底楽しそうに友也の耳元に唇を寄せた。

「ゆうべは、大きな声を上げさせてしまいましたしね。喉をやられているでしょうし、これなら疲れていても食べやすいのではと思いまして」

「………‼」

昨夜の自分の痴態を思い出し、顔が火を噴きそうに熱くなる。

この男の精液を奪うつもりが、一方的に快感に酔わされた。

いや、もちろん、友也だって淫魔なのだから、こちらが精液を注ぐ側でも問題はない。だが、その場合は、相手が孕める性でなくては意味がなかった。

いったい、どう返事をすればいいのやら。

友也が動揺しているうちに、氷川はくすりと笑って言った。

「無理そうでなければ、もう少ししっかりした朝食の準備もありますが。いかがですか？」

「ち、朝食なんか……」

食べている場合じゃない、と口では言おうとしたが、身体のほうが反応は早かった。ぐうぅ、とのどかな音を立て、腹が空腹を訴える。

氷川はおかしげに身体を揺らして、友也の髪をさらりと撫でた。

「素直な、いい子だ」

「う……」

――いい子だ。

艶やかな、昨夜の声を思い出す。大きな手に撫でられて、そのぬくもりが肌に触れていた。腰の奥が、ぞくりと疼《うず》くように重たくなる。

(なに、この感じ……)

ぼうっとうなじが熱を持つのを、なんとかやり過ごそうとした。

淫魔の仕事は、人間を誑《たぶら》かすことだ。決して、誑かされることではない。

「座っていてください。まだ本調子ではないでしょう?」

含むように笑いながら、氷川は友也から手を離した。

言われてみれば、昨日の夜の余韻だろうか、全身が火照ったように怠《だる》かった。すべて見透かされているようで悔しいが、言葉に甘えて椅子の背もたれに身体を預ける。

ほどなくして友也の前に並んだのは、単身の男が用意するにはいささか不釣り合いなほどに、立派でおいしそうな朝食だった。

大きなロールパンと、厚切りベーコンとキャベツのスープ。ロールパンには、たっぷりのはちみつが添えられていた。ベビーリーフのサラダは葉の緑とプチトマトの赤が鮮やかで、マッシュルームを混ぜ込んだオムレツは、ふんわりとバターの香りがする。

「これ……氷川さんが作ったんですか」

友也は、目をぱちくりさせた。

「ええ、もちろん」

スープ皿をテーブルに置きながら、氷川は答える。

「ひとり住まいが長いと、嫌でもできるようになりますよ。もっとも今朝は、可愛らしい客人がいるので、少し張り切ってしまいましたが」

嫌味なほど綺麗に片目をぱちんと閉じて、氷川は友也の正面に座った。流れるように自然な仕草で彼が合掌をするもので、勢い友也も手を合わせてしまう。

「主よ」

凛《りん》として優美な氷川の声が、朝の光の中に響いた。

「ここに用意されたものを祝福し、わたしたちの心と身体を支える糧としてください。アーメン」

「ア、アーメン？」

ちらりと視線を寄越されて、おうむのように復唱する。氷川は満足そうにうなずくと、祈りのかたちの手を解いた。

「いただきましょうか」

「あ、はい……」

（悪魔が神に感謝なんかして、いいんだろうか……）

友也は困惑しながらも、カトラリーを手にする氷川につられ、オムレツを口に入れた。

厚めにスライスされたマッシュルームは、さっくりと軽い歯ざわりだ。大地の香りが鼻に抜け、芳《ほう》醇《じゅん》なバターのこくと、とろける焼き加減の卵とともに、友也の口腔をいっぱいに満たす。

「……おいしい……！」

オムレツの味に、空腹感を強く煽られた。友也は皿に覆いかぶさるようにして、目の前の料理にがっついてしまう。

「喉に詰まらせてはいけませんから、ゆっくり召し上がってください」

くすくすと笑いながら、氷川は上品にスープを口へと運んでいる。

「ベビーリーフは、今朝、庭で摘んできたものなので新鮮ですよ。パンは、角のパン屋さんの塩パンです。たっぷりのバターが、そういえば罪深い味かもしれませんね」

「ベビーリーフ、って庭で採れるんですか？」

「要はハーブの新芽なんですよ。庭ではほかにも、ローズマリーやミントなんかを、先代の司祭から引き継いで栽培しています」

「へえ……」

もぐもぐと口を動かしながら、友也は歌うように話す氷川の声を聞いていた。

たしかに、ベビーリーフはぱりっとしていて新鮮で、氷川の気に入りらしい塩パンは、ほどよく塩が利いていた。それにこっくりしたはちみつを合わせると、氷川が今言ったとおり、背徳的に甘くやめられない罪の味になる。

夢中で食べているうちに、また小さく笑った氷川が、テーブル越しに手を伸ばしてきた。

「……？」

氷川の指の背が頬を撫で、親指の腹が唇を拭う。どうやら、はちみつでも垂れていたようだ。氷川はその親指を自分の口元へ持っていくと、ぺろりと舐《な》めた。

「な、なにするんですか……」

まるで恋人同士のような仕草に、ふわりと頬が熱くなる。

だが氷川は、友也の反応にはおかまいなしに、テーブルに肘をついた。

「友也くん、昨夜の話を覚えていますか？」

「昨夜の……？」

「私の精液と引き換えに、住み込みで仕事を手伝うと」

「ああ……」

朝食に心を奪われていて、うっかり忘れかけていた。本来友也は、そのためにここに来たのだ。

「お、覚えてます、もちろん」

「よかった。昨夜からはいろいろありましたからね、すっかり忘れられているのではないかと」

「う……」

すべてを見通しているように言われ、答えに窮する。

そんな友也をからかっているのか、氷川は友也のほうに手を伸ばし、さらりと額の前髪を分けた。

「善は急げと言いますから、今日にでもいらっしゃい。土曜ですから、夕方のミサのあとならいつでも大丈夫です。夕飯をご一緒しましょう」

「夕飯？」

「ふたりきりですが、ウェルカムパーティーです。歓迎しますよ。張り切って準備しますから、期待していてくださいね」


それが、今朝の話だ。

（夕飯……なに作ってくれるんだろう）

パーティーだと言っていたから、ちょっと豪華な夕飯にしてくれるのではなかろうか。

友也は、自分の好物を次々と思い浮かべる。

チーズを載せたハンバーグに、あつあつのマカロニグラタン、つゆだくの牛丼、とろとろ卵のオムライス。よく子ども舌だと言われるが、好きなものは好きなのだ。

それとも、氷川のことだから、友也が考えつかないようなものを作ってくれるのかもしれない。

司祭館の庭には、まだ友也が味わったことのないハーブが植わっていると言っていた。たとえば、それを使った料理とか？　氷川が作るのであれば、なんだっておいしいに違いない。

「おい、友也！」

「は……はいっ……！」

飛石の呼ぶ声に意識を戻すと、よだれが垂れ落ちそうになった。あわてて口の端を手の甲で拭う。

「どうしたんだよおまえ、ぼけーっとして」

「す……すみません。ちょっと、寝不足で……」

まさか神父に作ってもらう夕飯が楽しみでぼんやりしていたなどとは言えず、友也はえへへと後ろ頭に手をやった。

「そうだよなぁ」

飛石はなぜか感極まったように、腕組みをしてうんうんとうなずく。

「あの友也が、ついに子作りできそうだなんて……今日はなにか、雨が降るのか、ロンギヌスの槍《やり》でも降るのか？」

「やめてくださいよ、ロンギヌスの槍って聖遺物じゃないですか。みんな改心しちゃいますよ」

笑えない冗談を言う飛石は、友也が成果を挙げられそうだというので喜んでくれているのだろう。その心遣いは嬉しいが、そんなにも心配をかけていたことを考えると、情けないような申し訳ないような、複雑な気分になる。

「とにかく……そういうわけで、ちょっとのあいだ事務所には戻りませんけど」

足元に置いていたボストンバッグを持ち上げ、友也は席を立った。

「次に帰ってくるときには、精液を手に入れてきますので」

飛石と瀬戸は、「よく言った！」「その調子だぞ、がんばれよ」と、さながら息子を戦地に送り出すかのように、各々背中を叩いてくれた。

「はいっ！」

元気よく返事をして、友也は、執務机に座ったまま押し黙っている佐田に向き直る。

「――気ィ抜くんじゃねえぞ」

「もちろんです」

厳《いか》めしい佐田の声に、神妙な顔を作ってうなずく。

(もしかして、また失敗するんじゃないかって思われてるのかな……)

豪毅《ごうき》な外見のわりに、佐田の慎重さは事務所長の中でも群を抜くと言われている。だからこそ、日本の中でももっとも忙しいとされる、この東京地区を統括できるのだ。

(でも……今回こそは、失敗なんてしませんから)

――私のそばに、いてくださいね。

氷川の、やさしい声を思い出す。

(見ててください、佐田所長)

腹を決めると、友也はボストンバッグを抱いて頭を下げた。

「それでは、行ってまいります！」

踵を返すと、万感胸に迫るといった雰囲気の飛石が手を叩き、瀬戸が「転ぶんじゃないぞ！」とお父さんみたいに叫ぶのが聞こえた。

事務所の外に出てみると、よく晴れた五月の日の夕方は、茜色に染まりはじめた空の端までせいせいと見通せた。今まさに沈まんとしている太陽が、友也の肌に心地よいぬくもりを投げかける。

(今回は、絶対に大丈夫)

胸中でおまじないのように唱えると、友也はバッグを抱え直し、教会の方面へと駆け出した。


夕飯のメニューは、生ハムで巻いたメロンにオリーブオイルをかけた前菜、アボカドとブロッコリーのタルタルサラダに続き、メインには、タイムが香るめばるとあさりのアクアパッツァが供された。アクアパッツァのスープを洋風おじやに仕立てたものも、腹いっぱいになるまで食べた。

料理はどれもおいしくて、飲みつけない友也でもついついワインが進んでしまう。

その上、氷川があれやこれやと料理の解説をしてくれるもので、それをふんふんと聞きながら、夏みかんにマスカルポーネのクリームを添え、メープルシロップをかけたデザートを食べるころには、すっかり気がゆるんでいた。

そして——。

「………!!」

跳び起きると、またしても朝だった。

「あ……あれ……?」

寝ぼけ眼で、きょときょととあたりを見回す。

友也は、いつのまにか自室としてあてがわれた司祭館の部屋にいた。

(二階に上がってきた記憶、ないんだけど……)

おいしいものをたっぷり食べたことは、しっかりと覚えている。

昨日は上司たちへの報告があったからか、多少気を張っていたようだ。食後のカプチーノを飲んでいるうちに、まぶたが重くなってきたのをうっすらと思い起こす。

司祭館には、氷川と友也しかいないはずだった。

今、友也がベッドの中で目を覚ましたということは、氷川が運んできてくれたのだろうか。

(僕だって、一応成人男子サイズはあるのに)

平均よりもひと回り華奢とはいえ、相応の重さがあるはずだ。

けれどあの筋肉のつきかたなら、これくらいは軽いものかもしれない——と友也は、一昨日《おととい》の夜、衣服越しに触れた氷川の身体を思い出して、顔から火が出るほどの羞恥を味わった。

淫魔とはいえ、こんな朝っぱらからいやらしいことを考えているなんて。

薄いカーテンのかかった窓からは、雀《すずめ》の鳴く声が聞こえ、朝の光が射し込んでいる。半身を起こしているベッドにかかっているのは、真っ白なリネン。友也が頭を抱えると、場違いにやさしい柔軟剤のにおいがした。

枕元の目覚まし時計は、午前七時を指している。今朝は日曜のミサがあるので、朝から手を借りたいと言われていた。まだ七時なら、大幅に寝過ごしたわけではないらしい。よかった、と悪魔らしからぬことを考えながら、友也は階下へと降りていった。

ダイニングのテーブルにはグラスとトースト、氷川が書いたらしいメモが載っていて、あたりにはコーヒーのいい香りと、焼き菓子のような甘いにおいが漂っている。

友也は、テーブルの上のメモを手に取った。


〈冷蔵庫の中に、オレンジジュースと、カフェオレ用の牛乳があります。朝食後、体調が悪くなければ、教会のほうへ来てください　氷川〉


氷川の見た目どおりの、几帳面な文字だ。

昨夜ワインを飲みすぎたことが原因だろう鈍い頭痛は、トーストをかじり、オレンジジュースとカフェオレを一杯ずつ飲んでいるうちに、あとかたもなく消え去った。

皿を下げ、教会をのぞいてみると、すでに今朝一回目のミサがはじまっているようだ。

祭壇の前には、ゆったりした白い祭服を着た氷川が立っていた。聖堂の椅子に座る信徒はみな、一様に頭を垂れて静まり返り、朗々と響く氷川の説教を聞いている。

五月も下旬の、よく晴れた朝だ。

空は青く、大気は新緑の香りがしてあたたかい。ステンドグラスを抜けた朝の陽射しはうつくしい色を帯び、氷川の祭服の足元で揺れている。

(——いいところだな)

鳥のさえずりと、おだやかな氷川の声。そのどちらもが聞こえる聖堂の入り口に立っていると、しみじみとそう思えた。この土地を見守る神様かなにかの存在を、うっかり信じたくなってしまう。

(って……なに考えてるんだろう。悪魔のくせに)

友也は、みずからの考えに顔をしかめた。

氷川と出会って以来、なにかとおいしいものを食べさせられて、いい具合に腹と気持ちが満たされているからだろうか。どうも考えることが悪魔らしくなく、平穏になっていけない。

僕は悪魔だ。友也は、たしかめるように口の中でつぶやいた。聖職者の精液を奪い、悪魔の子を孕むためにここに来たのだ。

当の氷川は、友也のほうには目もくれず、淡々と説教を続けていた。

手伝いに来いって書いてたのに、と拗《す》ねたような気持ちになったことが、自分でもなんだか意外だった。もっと、構ってほしいと思っていたのだろうか。

どうしていいかわからなくてあたりをぶらぶらするうちに（そうしていると、こんなふうにミサが行われているそばでだらだらしたり、サボったりしている感じが悪魔っぽくていいのではないかと思えてきた）、ミサは終わっていたようだ。

ぱらぱらと聖堂から出てきた信者たちが、ご近所さんを見つけては雑談をはじめる。

「友也くん」

呼ぶ声に振り返ると、祭壇の前を離れた氷川がそこにいた。

「昨日は、少し飲ませすぎてしまったようですが……具合はいかがですか」

周囲に聞こえないようにという配慮だろう、内緒話の距離感に、どきんと胸が小さく跳ねる。

「……そんなに気にしてもらわなくても、平気です」

意識してしまうと、ぽうっとうなじのあたりが熱くなり、ゆうべはベッドまで運んでくれてありがとうございました、と素直に礼は言えなかった。

（だから、お礼とかはしなくていいんだってば。僕は悪魔なんだから）

ぷるぷると首を振っていらない考えを追い払っていると、氷川がしっかりとした声で、「では、来てください」と言う。

「あ……はい。どこへ？」

「信徒館です。これから、教会に来た子どもたちのための教会学校を開くんですよ。友也くん、お手伝いをしてくれる約束でしたよね」

目立たないようするりと腰に腕を回されて、友也は反射的に逃げようとした。

「約束は……しましたけどっ……！」

触れられると、どうしたって一昨日《おととい》の夜、その手になにをされたかを思い出す。頬のあたりに、かあっと血が上るのがわかる。

「な……なにするんですか、こんな朝っぱらから……！」

「さて、なんのことでしょう？」

わざとらしく小首をかしげてみせるあたり、確信犯だと証明しているようなものだ。

なにか言い返してやりたいような気がしたけれど、とぼけられてはそれ以上突っ込めない。けれどおかげで、素直に約束を守っていては、悪魔らしくないのではということに気がついた。今さらだとは思うけれど、悪魔が聖職者に従っていては格好がつかない。

「やっ……やめてください」

赤くなっているだろう顔を誤魔化しがてら、友也は身をよじって氷川の腕から逃れようとした。

「たしかに約束はしましたけど……僕の正体、覚えてます？」

「きみの正体ですか？」

氷川はまた、そらとぼけるように宙を見る。

「純朴そうな顔をして、夜は意外と乱れる小悪魔、といったところでしょうか」

「わー、わー!!」

周囲の信徒に聞こえてしまうのではないかと、友也はあわてて氷川の口を塞ぎにかかった。背伸びをした友也に口を塞がれてなお、氷川は友也の腰に回した手を解こうとしない。

「小悪魔じゃなくて、悪魔です……！」

うなじまでかっかと火照らせて訂正すると、氷川はさもおもしろそうに笑いながら、「はい、もちろん覚えていますよ」と首を縦に振った。

すっかりペースを乱されて、悔しまぎれに友也は続ける。

「悪いことするのが、悪魔である僕の仕事なんです。だから、約束は守れません」

努めて口を尖らせて、氷川の視線からぷいと顔を逸らす。

悪魔だから悪いことをしなければ、という意識は当然あった。加えて、もし手伝いをしているあいだじゅう、こんなふうにいやらしく触れられたなら……とてもではないが、身が保たない。

「ほう――そうですか？」

氷川の声のトーンが、すっと変わった。

えっと思うような暇もなく、大きな手が友也の尻をゆるりと撫でる。

「……な、なんですか……」

「私との約束を反故《ほご》にするつもりだというのなら、それはそれでかまわないのですが」

氷川は、友也の腰に回した腕に力をこめた。バランスを崩したところを、力強く引き寄せられる。

「わっ……」

「となると——夜、ご褒美はいらないということですね？」

耳たぶに触れそうなほど近づいてきた唇が、艶やかに低めた声で友也に告げた。

「そ、それ、は……」

耳から流れ込む吐息に、ぞくりと腹の底が疼く。——淫魔の本能だ。

彼の手が、臀部《でんぶ》をさわさわと這っている。肌はほんのりと熱を持ちはじめ、誰かに見られているかもしれないという羞恥も、どこかへ行ってしまいそうになる。

期末までに、なんとかして不甲斐ない成績を挽回《ばんかい》しなくてはならないのだ。ご褒美の精液がもらえなくなるのは、非常に困る。

けれど、それ以上に——。

（この手に、もっと触られたい……）

触れられているうちに、身体の奥に、ぽうっとなにかが灯るのがわかる。頭の中が重怠く痺れ、前後不覚になるあの快感が、もう一度欲しい。

「さて、どうしますか？」

膝から力が抜けそうになったところを、力強い腕に支えられた。ぬくもりに触れ、彼の手に与えられた快感を思い返すと、羽や尻尾が出てきてしまいそうになる。

「ほら、危ない」

氷川は、聞き分けのない子どもに言い聞かせる声音でささやいた。

「いい子だから、一緒に行きましょう。ね」

——いい子だから。

どうしたって、はじめての一昨日の夜を思い出してしまう台詞だ。

やさしい声で言われると、従わざるをえなかった。

肩を抱かれて、信徒館と呼ばれる建物に入ると、学校の教室に似た広い部屋で、先日庭先でカップケーキを食べていた子どもたちが、今日は長机の前に座っていた。

「あれ？　この子たち……」

こちらが考えていることがわかったようで、氷川はにっこりと微笑み、「座っていてください」と教室の角に置いた椅子に導く。

友也を座らせると、氷川は教師よろしく壇上に立ち、「さて」と子どもたちに語りかけた。

「みなさん、ミサで聞いたお話は覚えていますか？」

「おぼえてるー！」

元気よく手を挙げたのは、小学校低学年くらいの女の子だ。

「神父さま、イエスさまとパンのおはなししてた！」

「そうだね、しっかり聞いていたね。それじゃあ、そのイエス様とパン種の話について、もう少しわかりやすくお話をしようか」

長机には、十五人ほどの子どもが座っていた。さきほど手を挙げた小さな女の子、それよりもう少し大きい男の子、中学生くらいの男の子も、真剣な顔をして氷川の話を聞いている。

「イエス様は、お弟子さんたちに教えました」

氷川が、落ち着いた声で言う。

「パリサイ人のパン種には、じゅうぶんに気をつけなさい、彼らの言うことを聞いてはいけないよ、と。この、パン種というのが難しいですね。ところでみなさんは、パンというのはなにからできているか知っていますか？」

氷川が、小学校高学年くらいの女の子に視線を向けた。

ぴっと背筋を伸ばした女の子は、「小麦粉と、卵と……イーストです」と答える。

「よく知っているね。イーストというのは酵母菌のことで、カビやきのこの仲間だ。パンを作るときに入れると、生地をふっくらふくらませてくれます」

「えー、パンって、カビの仲間が入ってるの？」

男の子が上げた声に、氷川は「いいところに気がついたね」と微笑んだ。

「聖書の中で、イーストというのは、あまりよくない力を持つものとして使われていることがあります。食べ物にカビが生えると、食べられなくなってしまうね。もしも食べてしまったときは、どうなるかな？」

「お腹を壊します」

さきほどの女の子が、律儀に氷川の問いに答えた。

「そのとおり。しかもカビは、放っておくとどんどん増えていくものです。イエス様は、人のことを馬鹿にしたり、人の前でだけいい格好をしようとしたりするパリサイ人の考えかたには、そういったよくない力があると思っていたんだね」

おだやかで深みのある氷川の声は、身体の中に染み込んでくるようだった。

聖書に載っている話には、そのままでは読み解けないものが多いと聞く。その難しいエピソードを、小さな子に合わせて話すと年齢の高い子が飽きてしまうし、年齢の高い子に合わせれば、小さい子にとって難解なものになる。そうならないように、基本は易しめに語りつつ、適当なところで年齢の高い子に発言させて、興味が途切れないようにしているのだ。

（へぇ……賢いんだな、氷川さんって）

ぼんやりと聞き入っているうちに、説教はまとめに入った。

「『こうすれば天国に行ける』と言われると、言われたことさえしていれば天国に行けるような気がして、つい言うことを聞きたくなってしまいますね。でも本当は、天国に行くためにしなくてはならないことは、パリサイ人が言うほど多くはないのです。『イエス様についていきます』という気持ちさえあれば、私たちは天国に行けるのでしたね。今日のお話は、それを思い出すためのものでした」

氷川は、ぱたん、と手元に広げていた聖書を閉じた。

「さあ、お勉強の時間はここまで。この次は、聖歌の練習をしましょうか」

はーい、と氷川の声に応えた子どもたちは、勝手知ったるといったふうに席を立ち、長机を移動させはじめた。

教室の流れがわからない友也は、助けを求めるように氷川の顔を見てしまう。

「お待たせしました。お手伝い、お願いできますか」

さきほど、あれだけ「悪魔だから約束は守らない」と訴えたのに、まるで聞き入れるつもりはないらしい。聖歌が印刷されたプリントを渡され、にっこりと微笑まれると、どうにも断り切れなかった。

そんなこんなで、聖歌のプリントを配らされ、ゲームの補助をやらされて、氷川のいいように用事を言いつけられているうちに――。

不本意ながら、一番小さな女の子にすっかり気に入られてしまったようだ。

友也のあとをちょこまかとついてくるのは、先日、中庭で子どもたちがカップケーキを食べていたときにもいた女の子だ。名前はのぞみというのだと、彼女は自分から名乗った。

「ともやくんは、どこにすんでるの？」

ひととおりのプログラムが終わって、おやつの時間。

司祭館に漂っていた甘い残り香の正体は、クッキーを焼いたときのものだったのだ。子どもたちに手作りのクッキーを配っていると、のぞみは興味津々といった様子で訊いてきた。

「えっ？　住んでるとこ？」

「そう、のぞみのおうちはね、このちかく。ともやくんは？」

「僕は……そうだなあ」

友也は、なんと答えようかと迷った。

「今はね、そこの司祭館に住んでるんだ」

住み込みで手伝えと言われているのだから、間違いではないはずだ。友也が窓の外の建物を指し示すと、のぞみは「ふうん」と感心したような声を上げた。

「あそこ、神父さまのおうちでしょ？」

「そうだけど」

「いっしょにすんでるの？」

「ああ、まあ……」

「そっか。なかよしなんだね！」

「な……なかよ、し……!?」

ざわわっと背中のあたりに鳥肌が立って、友也は焦った声で応える。

神父と悪魔が、仲よし。そんなことがあっていいはずがない。

「な、なに言ってるの！　氷川さんは神父で、僕は……」

――悪魔なんだよ。

そう言おうとして、きょとんとこちらの目をのぞき込む瞳に、うっと言葉に詰まってしまった。

こんな純真な子どもに、自分は悪魔だ、しかも淫魔だなんて――なんとなく、言えない。

どうしようもなくて唸《うな》っていると、ぴょんと椅子から飛び降りたのぞみが、友也の足元にすり寄ってくる。

「のぞみも、ともやくんとなかよしになる！」

「え……ええっ……？」

ぴったりと抱きつかれると、振り払おうにも振り払えなくなってしまった。

それに――。

人間とこんなふうにまともに会話ができたのは、しばらくぶりのことだ。

思い出してみると、氷川もひさしぶりに友也ときちんと向き合ってくれた人間だった。だから手伝いを頼まれても断りにくく、自分にもなにかできることをしたいと考えたのだろうか。

友也は悪魔らしさが薄いようで、人間に悪魔だと信じてもらえないこともままあった。ちょっと妄想癖のある、ただの人間として認識されることが多いのだ。そんな情けない状態なのに、誘惑して悪の道に堕とすだとか、精液を注ぐか奪うかして悪魔の子を孕み、孕ませるだとかは、信じろと言ってもどだい無理な話だと思える。

それはそれとして、脚にまとわりつくのぞみのぬくもりを感じていると、ここのところ、なんだか自分以外の存在とちゃんと触れ合えている気がするなぁと、なんとなくほっとしてしまった。

（……っ、だから……！）

また悪魔として不届き千万なことを考えそうになって、友也は大きくかぶりを振った。

こんなことではいけない。

「ほら、もういいでしょ。離れて、ね」

懐いてくれるのぞみにそんなことを言うのは、どうしたって気が咎《とが》める。せめて、とやさしく引き剝がし、「僕はクッキー配んなきゃいけないから、あとでね」とかごを掲げてみせると、のぞみは「はぁい」と名残惜しそうに答え、自分の座っていた席へと戻っていった。

（……可哀想なことしたかなぁ）

甘えてくるのは、寂しい気持ちがあるからかもしれない。他人のぬくもりにほっとした自分のことを顧みると、のぞみの行動もわかる気がする。

もう少し、一緒に遊んでやればよかった。

そんなふうに思ってしまうのは、友也が悪魔としてみそっかすな証拠なのだろうか。

友也はぷるぷると首を振り、そんなことない、と考える。今はひとまず、氷川の手伝いに集中しよう。それが、聖職者の子を孕み、ノルマを達成するための一番の近道なのだから。

気を取り直して、友也は教室の中を見回した。

「クッキー、まだもらってない人いる？」

声をかけると、「はーい！」と元気のいい返事が聞こえる。のぞみよりも少し大きい女の子が、男の子の手を引いて近づいてくるところだった。

「わたし、まだもらってないです。弟も」

「じゃあお姉ちゃんと弟くんのぶん、二枚ね」

うなずいてクッキーを取り、女の子に渡そうとした——その瞬間。

「……、ッ……」

どくん、と心臓が跳ねて、友也は目を見開いた。

「……!?」

視界に入る、幼い姉と弟のきょうだいの姿が、ぐにゃりと歪む。心臓が、絞り上げられるようにぎゅうっと縮んだ。息苦しさにクッキーを取り落としそうになり、すんでのところで踏みとどまる。

「おにいさん、どうしたの？」

弟の手を引く女の子が、心配そうに友也の顔を見上げてきた。

その子に一歩近づかれると、全身から脂汗が噴き出すのがわかる。

「だ……、だいじょう……ぶ……」

ひとまずそう言ってはみたものの、自分でもとても大丈夫ではないとわかる事態だ。

なにが起こっているのだか、さっぱりわからなかった。

ひどい動悸《どうき》をどうにかしようと、胸元のシャツを握る。足元に力が入らず、その場にくずおれそうになったところで、背中が、とん、とあたたかいものに触れた。

「どうしました？」

振り仰ぐと、氷川がおだやかな表情を浮かべて友也を見下ろしている。

「……氷川、さ……」

「少し、顔色がよくないようですが」

氷川の指が、そっと友也の頬を撫でる。そうされると、どうしてかほっとして、不思議なほどに胸の動悸も鎮まった。

「い……いいえ、なんでも、ないです……」

(なんだったんだ、今の……)

悪魔の中にも、人間だったときの体質を引きずって、貧血気味だったり、疲れやすかったりというものは少なくない。とはいえ、友也は幸いみそっかすながらも健康で、その健やかさがまた悪魔らしくないとからかわれるほどだったのだ。

すっかり混乱していると、氷川は壊れ物を扱うように、ていねいな手つきで友也を立たせた。

「体調がすぐれないようでしたら、司祭館に戻っていてかまいませんよ。今日はもう、じゅうぶん手伝っていただきましたから」

子どもたちを心配させないようにという配慮だろう、ささやくように耳打ちされる。

友也は「大丈夫です」とうなずいた。

「教会学校、あとはおやつを食べたら終わりなんですよね。最後まで手伝います」

友也に甘えていたのぞみも、不安げな顔でこちらを見ていた。

このまま友也が部屋を出ていけば、のぞみを心配させてしまう。そうなることは避けたかった。

「本当ですか？　無理はしないでくださいね」

「無理じゃありません。ほんとにもう大丈夫です。ほら」

さっきまでの激しい動悸は、もう嘘《うそ》のように治まった。友也が元気よく胸を張ると、氷川は「よかった」とほっとしたような表情を見せる。

「ありがとうございます。きみも、教会学校を楽しんでくれているようでなによりですよ」

微笑まれると、自分がなんだかいいことをしているような気分になった。悪魔がいいことをしてどうするんだ、と友也はにわかにあわててしまう。

「ちっ……違いますから！」

「違う？　なにがです？」

わかってやっているのだろう、しれっと訊き返してくる氷川に、友也は声を荒らげた。

「最後まで、ちゃんと手伝いたいって意味じゃありませんから！　どの子が将来悪人になりそうか、しっかり見定めておきたいっていうだけです！」

言い訳じみたことを言ってはみるものの、もう氷川は聞いてはいない。その証拠に、それではみなさん、いただきましょう、と子どもたちに向き直り、おやつの前のお祈りをはじめている。彼の口元は、いつもと比べて、ほんのかすかに嬉しそうにさえ見えた。

（違うのに……！）

いかんともしがたい気分で、友也はお祈りをしている子どもたちに目をやる。

すると、さっき弟の手を引いていた女の子の胸に、きらりと光るものが見えた。幼い子の持ち物にしては不似合いな、少々古びたロザリオだ。

（おばあちゃんとかからもらったのかな）

人から人へと受け継がれてきた物は、渡す人間、受け取る人間の想いがこもり、独特の力を持つことがある。日本に伝わる付喪神《つくもがみ》などは、その一種だそうだ。

（……あれだけ古そうなロザリオなら、近づくだけでも悪魔にとっては危険かも）

ロザリオはおそらく、女の子の祖母から母へ、母から女の子本人へと、大切に受け継がれてきたものなのだろう。落ち着いて見れば、ほんのりとあたたかみさえ覚える存在感に、腑に落ちないながらも納得する。

（このあったかい感じ、さっきの動悸の原因とは違うみたい……）

動悸がしたのは、ひどく嫌な感じが胸を圧迫したからだ。しかし、女の子が首から下げているロザリオからは、そういった禍々《まがまが》しい気配は感じなかった。

いや、でも、と友也は眉をひそめる。とにかく自分は、なにをやらせてもうまくいかないと事務所では有名な悪魔だ。悪魔にとって嫌な感触と、好ましい気配を取り違えることなんて、こう言ってしまってはなんだが、想定の範囲内だとも言える。

（僕……こんなところまで、みそっかすなんだもんな）

そもそも、友也は悪魔なのだ。人間が大切にしているものに対して、あたたかみを感じてしまうほうがおかしい。最初に感じた禍々しい動悸のほうが、本来は悪魔的な反応であるはずだ。

そこまで考えて、はたと気がつく。

——でも……一瞬でも、あのロザリオを見て、ちゃんと嫌な感じだなと思えたってことは。

(悪魔としての能力が、ちょっと上がってきてるとか？)

現金にも、身体の内側からぽうっと自信が湧いてきた。

(この調子で、がんばらないと……！)

ひとりで奮起していると、「ほら、無理は禁物ですよ」と氷川の声が聞こえた。

いつのまにか隣にぴったりと寄り添われ、軽く腰を抱かれている。

「なっ……!?」

「おや、少し頬が赤いですね。熱でもあるかな」

向かい合わせに抱き寄せられ、こつんと額をぶつけられると、変なふうに近づいた距離に身動きが取れなくなる。

「……！　……!!」

固まっている友也の頬を指の背でそっと撫で、氷川は密やかな声でささやいた。

「やはり、少し熱いようですね」

「だ、大丈夫ですって……！」

——だから、こんな振る舞いはやめてほしい、心臓にとても悪い。

友也が氷川の腕から逃れようとしてもがくと、氷川はそれを楽しんでいるかのように、くすりと品よく口角を上げた。

「こんなに頬を紅潮させて——体調が悪くないというなら、なにを想像していたんですか？」

「へっ？」

「昨日はなにもせずに寝てしまいましたから、淫魔のきみには物足りなかったんでしょうか」

頬の輪郭をかすめた指が、耳たぶに触れる。そこを弄ぶように軽くくすぐると、氷川は友也だけにわかるよう、あでやかな笑みを浮かべた。

「な……なに言って……!!」

「今日は、いい子で手伝ってくださいましたから——今夜、期待していてくださいね」

「期待っ……!?」

かあっと頬に熱が集まるのを感じて、友也は氷川の腕の中から飛び退《の》く。

「な、なにするんですか、子どもたちの前で……！」

「なんのことでしょう？　私は、具合が悪いかもしれない隣人を気遣っているだけですが」

わかっているだろうに、氷川は涼しい顔で言ってのけた。なにか言ってやろうにも、すっかり混乱した頭では、まともにものも考えられない。

「……、っ……！」

——意地でも、引っ込んでやるもんか。

友也は、教会学校が終わるまでこまごました手伝いをし、その後もにこにこと笑顔で用事を言いつ

けてくる氷川に押されて、庭の草むしりをしたり、ベンチのペンキを塗り直したりするはめになった。

慣れない肉体労働に、疲れ切ってしまったのだろう。

その夜は、氷川の作った夕飯を食べ、風呂を使ってさっぱりしたとたん、強烈な睡魔が訪れた。

けれど、僕は淫魔だ、睡魔なんかに負けてたまるかと氷川の寝室に忍んでいって、彼のベッドにもぐり込んだところ、またしてもひとりだけ巧みに酔わされ、快楽の淵《ふち》に追いやられ――。

氷川に淫魔らしくやり返すようなこともできず、ぐっすり眠ってしまったのだった。


友也が教会に住み込むようになってから、ひと月が過ぎた。

（いくらなんでも、まずいよね……）

梅雨の晴れ間、空は早朝から青々と澄み渡り、洗濯物の白がよく映える。

教会の庭に渡したロープにシーツを干し終わった友也は、朝の空気を胸いっぱいに吸い込んだ。

身体の中が洗濯洗剤の香りに満たされると、僕、こんなところでなにやってんだろうなぁと、心許ないような気分になる。

ひと月も経つのに、友也はいまだ、氷川の精液を手に入れることができずにいた。

努力をしていないわけではない。先輩悪魔の瀬戸や飛石、斯波にそうこぼせば、「そもそもその、がんばるっていう態度がなぁ……」「悪魔的才能に欠けるんですよねえ」などと言われることは目に見えているが、それでも、できることはしているつもりだ。

氷川の寝室に忍び入り、寝込みを襲う。

ネットで調べた〝男の夢〟、裸エプロンで料理の手伝いを申し出る。

少しでも誘惑の助けになるかと身体の隅々まで手入れをし、氷川が風呂に入っているところを狙って、全裸で殴り込みをかける。

ところが――。

（どうして、うまくいかないんだろう……）

つい目の前のシーツを摑み、友也はがっくりとうなだれた。

オーソドックスな夜這いは何度もかけた。上に乗っかり、氷川の精液を奪おうとするのだが、いつだって気づいたときには上下が入れ替わっていて、友也が放埒《ほうらつ》のときを迎えている。

それなら小道具を使おう、今度こそ食ってやると息巻いて仕入れたエプロンにも、氷川はかすかに目を細めただけだった。どころか、「可愛いシェフだ。味見をさせてください」と調理台に上げられて脚を開かされ、あっというまに追い上げられた。

これは長期戦になりそうだと、恥を承知で甘いにおいの石鹼《せっけん》を買い、身体を磨き、風呂場を襲撃したのが昨日の夜のことだ。

しかし、これも氷川には効かなかったようだ。

というか、友也がタイミングを見誤った。

いつもは一番風呂を使わせてくれる氷川に、たまには先に入ってきてくださいと入浴をすすめたところまではよかったのだ。

だが、いつのまにか脱がされているのと、自覚的に脱ぐのとはわけが違う。

全裸になるのをためらっているうちに、氷川はすでに風呂から上がっていた。友也は、彼が脱衣所でTシャツとスウェットを着込んだところに、間抜けにも全裸で押し入ってしまったのだった。

『ああ、お待たせしてしまいましたね。最近きみは、新しい石鹸を気に入っているようでしたし……順番が待ちきれなくなったんですね』

このときも氷川は、口元に薄く笑みをたたえていた。間の悪い友也を笑いたかったのか、綺麗になると話題の石鹸を手に入れて、肌を磨いていることも知っていたのか。あまりの羞恥に、問いただすこともできなかった。

『甘い香りの、綺麗な肌だ。お待たせしたお詫《わ》びに、私が洗ってあげましょう』

逃げようと踵を返したところを抱き寄せられて、うなじに鼻を埋められると、またしても身体に力が入らなくなった。

昨夜はそのまま風呂の中に連れ込まれ、背後から擦り立てられて、泡だらけの鏡に向かって一度、のぼせ上がって運ばれた寝室でもう一度。おびただしい量の精液を、奪うどころか絞り取られて、こうしてシーツを洗うはめになったのだ。

（こんなことじゃ、いつまで経っても孕めないのに……）

もう六月もなかば、期末まではあと半月ほどしかない。

孕むまではいかずとも、せめて聖職者の精液を奪ったという実績だけでも手に入れたかった。そうすれば、事務所長の佐田だって、すぐに友也をクビにはしないで、考え直してくれるだろう。

それにしても、と友也は我知らず眉根を寄せる。

一ヶ月間、ほぼ毎晩手を尽くして誘惑しているのに、袖にされ続ける日々だ。これ以上、いったいなにをどうすればいいんだろう。

——もしかして氷川さん、まだ男ざかりだっていうのに、性欲が枯れてるんじゃなかろうか。

（それとも……）

その可能性を考えるほどに、友也は自分のみそっかすぶりを嘆かずにはいられなかった。

ふつうの淫魔なら、人間なんて簡単に誘惑してしまえるはずだ。聖職者とはいえ人間だ、本当に敬《けい》虔《けん》な人物であれば多少手こずることもあると聞くが、そんなことはめったにない。

そう、めったにない、はずなのだ。

（ふつうの淫魔なら、ね……）

ふつうであればできることが、友也には努力してもできない。まるで誰かに、自分には悪魔である資格がないのだと、肩を叩かれているようだった。

（……ほんとに、そうなのかもしれないいな）

泣きたいときみたいに鼻の奥がつんとして、友也は急いで空を見上げた。

青い空を背景に、白いシーツがはたはたと揺れている。清潔な洗剤のにおい、若い夏草の香りがする。歌舞伎町の事務所まわりの猥雑さより、こちらのほうに安心してしまう自分にうんざりした。うつくしく清らかなもののほうが好きだなんて、悪魔として間違っている。

魂が抜けそうなため息をついていると、脚にまとわりついてくるものがあった。

目を落とすと、ここ最近、午前中から教会に入り浸っている子どもがにこにこと抱きついている。小学二年生になったばかりの、沙耶香《さやか》という女の子だ。

「あれ、沙耶香ちゃん、またこんな時間から来ちゃったの」

頭を撫でてやると、沙耶香は嬉しそうに顔をくしゃくしゃにした。

(沙耶香ちゃん……今日も学校、行かないつもりかな)

数日前、沙耶香が授業中であるはずの時間から教会に現れたときには、このあたりの学校はずいぶん夏休みが早いんだなくらいに思っていた。

けれど、その日の夕飯のあと、ソファーに並んでくつろいでいた氷川にそう言うと、彼は少しのあいだ考えるように口をつぐんで、『いえ、夏休みはもう少し先のはずですよ』と言った。

『ですが、沙耶香ちゃんを追い立てるようなことはしないであげてください』

『どうしてですか？　子どもは学校に行くのが仕事ですよね』

『そうとも言えますが——なにか、事情があるのかもしれません。友也くん、沙耶香ちゃんが学校に行かない理由を聞きましたか？』

『いえ？　なにも』

友也は、ふるふると首を振った。氷川が教会でおやつを振る舞うティーサロンでも、教会学校のときだって、沙耶香が自分からなにかを言うことはめずらしい。

『そうですか』

落ち着いた様子で、氷川は一度うなずいた。

『それなら、沙耶香ちゃんが学校に戻るか、なにか話してくれるまで、そっとしておきましょう』

『いいんですか？　学校、行ったほうがよくありません？』

『そうですね。ですが、沙耶香ちゃんが本当にひとりになりたいのであれば、教会に来ることもありませんから。きっと沙耶香ちゃんは、なんらかの寂しさを抱えてここにやってくるんです』

意味がわからずきょとんとする友也に、向き合うようにして氷川は続ける。

『教会は、誰にでも開かれたところです。もちろん、学校に行けない子どもにも、寂しさを抱えた人にもね。傷ついた人も、ここで自分を見つめ直して、傷を癒すことができれば、また他者とのつながりの中に戻っていけるかもしれません。私は、教会がそのお手伝いをできればいいなと思っているんですよ』

ああ、そうすると——。

友也は、引っかかっていたものがすとんと腹に落ちたような気がした。

どうして氷川のように優れた聖職者が、友也のような淫魔をそばに置いておこうとするのか、ずっと疑問に思っていた。

教会は、誰にでも開かれている場所——だから、友也のような悪魔でも、ひとまずは受け入れる。そして、教会を訪れた人たちは、氷川のような聖職者に寄り添われ、「ひとりではない」と感じることで、安心して自分を顧みることができるのだ。

（……そういうことか）

氷川は、決して友也だけにやさしいのではない。

そう思うと、どうしてか、ほんの少しだけ胸が痛んだ。先日、教会学校のときに古いロザリオを見たのとはまた違う、ちくちくと刺すような痛みだ。

なんだこれ、と妙な痛みに怖くなって、友也は努めて違うことを考えようとした。

あらためて、氷川の言葉を思い返す。

教会を訪れる人は、まったくのひとりで抱えているものを解決したいというわけではない。誰かに話を聞いてほしい、誰かとともに寄り添っていたい。そう思って、教会の扉を叩く。

と、いうことは——。

思ってもみなかったことに行き当たって、友也はいっそぽかんとした。

僕も、なんらかの寂しさを抱えて、ここに足を運んでたってこと……？

孤独を楽しめないなんて、悪魔らしくない発想だった。数日前は、そんなことを考えてしまった自分にショックを受けて、そこで思考を停止してしまったのだ。

つくづく、悪魔的な才能がない自分にはがっかりする。

ため息をつきかけたとき、足元からの視線に、友也ははたと意識を戻した。見れば、膝のあたりに抱きついた沙耶香が、物言いたげに友也を見ている。

「……どうしたの？」

——きっと沙耶香ちゃんは、なんらかの寂しさを抱えてここにやってくるんです。

氷川の言葉を思い出して、友也はできるだけやさしく声をかけた。

しゃがみ込み、沙耶香と視線を合わせてやる。

「……あのね……」

沙耶香は、なにかを言おうと口を開くが、言葉が出てこないようだ。

（子どもたちの中でも、かなり控えめな子だもんなぁ……）

ひと月のあいだにすっかり親しくなってしまった子どもたちだが、沙耶香は大声を出すことも、活発に動き回るようなこともなく、常にみんなの後ろでにこにこしていた。おやつを配っているときも自分からは手を伸ばさないので、こちらが気をつけてやらないと、ひとりだけ取りぶんをもらい損ねていることもある。

（僕と、同じなのかもしれないな）

ふつうのことが、ふつうにできない。

みんなが簡単にできることでも、沙耶香にとっては難しいことなのだ。

どことなく、みそっかすの自分と重なる気がして、友也は急に沙耶香のことが哀れになった。

――なにか、抱えてるものがあるのなら。

話してみてくれたらいいのに、と切なく思う。

たぶん自分なら、沙耶香のことを、ちゃんとわかってやれるから。

とはいえ、友也は悪魔なのだ。人間にやさしくするなんて、悪魔がしていいことではない。

「ほら、僕、洗濯物のかご、片づけてくるからさ」

友也は、自分の膝から沙耶香をそっと引き離した。

ちょっと寂しそうな顔をする沙耶香に、ぐっと胸を摑まれる。

「――教会の中、入ってなよ。外にいたら暑いでしょ」

追い返されるか、学校に行けと言われるかと思っていたのかもしれない。沙耶香はわずかに表情を明るくすると、こくりとうなずき、聖堂の中へと駆けていった。

友也は軽く息をつきながら、沙耶香の小さな背中を見送る。

いつもなら氷川が沙耶香の相手をするのだが、今日は教区の会合に顔を出してくるとかで、朝のミサが終わったあとで出かけていった。今、聖堂は無人の状態だ。

(あとで、様子見に行ったほうがいいな)

ひとりぼっちだと感じるときの寂しさは、友也にもよくわかる。だからこそ、もしも沙耶香がそんな気持ちでいるのなら、悪魔としては正しくなくとも、そばにいてやりたかった。

司祭館に洗濯かごを置き、友也は聖堂に引き返す。

すると沙耶香は、ミサのときに使う飴色の椅子に座り、机の上で書き物をしていた。

手元をのぞき込んでみると、沙耶香が取りかかっているのは、二日前、氷川に向かって宿題だと言っていた漢字ドリルだ。

(二日前の宿題が今日になってもできてないんじゃ、完全に間に合ってないよなぁ)

慎重すぎる運筆で書き取りをする沙耶香を見ていると、どうにも放っておけなくなった。

友也が隣に座ると、沙耶香はこちらに気づいたようで、顔を上げてにぱっと笑う。そしてまたすぐに、漢字ドリルに目を戻した。

「……提出期限の過ぎた宿題なんて、サボっちゃってもわかんないのに」

こう言っておけば、そばにいてやるというのではなく、沙耶香を悪の道——宿題をサボること——に誘惑しようとしているのだという、悪魔なりの格好がつく。

ところが沙耶香は、書き取りの手を止めず、首を振った。

「これができたら、学校行って、ていしゅつするの」

「ふうん……」

頬杖をついて眺めていると、沙耶香が熱心に書き込みをしているページは、手紙を送るというシチュエーションで漢字を書かせる問題のようだ。

「……ねえ、沙耶香ちゃん」

しばらくは黙って見ていた友也だが、たどたどしい手つきを見ているうちに、辛抱していられなくなって口を出した。

「そのページ、よく見てごらん」

「……？」

不思議そうな顔をして、沙耶香はふたたび漢字ドリルに目を落とす。

「ほら、その二行目。『わたしは元気です』ってとこ、『わたしは元木です』だと、モトキさんっていう人の自己紹介みたいになっちゃうよ」

沙耶香は驚いたように目を丸くすると、あわててページをぱたぱたと繰り、正しい漢字を探しはじめた。素直な仕草に、思わず目元がほころんでしまう。

そんなことをしているうちに、沙耶香は正解を見つけたようだ。

消しゴムで「木」の文字を消し、新たに「気」の字を書き入れる。沙耶香が不安げにこちらを見るので、友也はその髪をわしゃわしゃと撫でてやった。

「すごい、正解」

「……えへへ」

沙耶香の嬉しそうな顔を見ていると、可愛いなあとこちらまでつられて笑みを浮かべてしまう。

だがそこで、我に返った。

（なにやってんの、僕は。悪魔のくせに……）

人間のそばにいてやりたい、気持ちを慰めてやりたいなんて、まったくもってどうかしている。

開け放した聖堂の入り口からは、梅雨の晴れ間のあたたかな空気が流れ込み、かすかに洗濯物の香りがした。おだやかな朝の時間、こうして教会を頼ってくる子どもと触れ合って喜びを感じているなんて、とんでもないことだった。

――これではいけない。

最近、自分はどうも、おかしくなってしまったようだ。

喜びを感じてしまうのは、こうしてゆっくりした時間を過ごしているときだけではなかった。

教会の仕事を手伝っているとき、地域の人にあいさつをされたとき、氷川と食事を作ってともに食べるとき、氷川の大きな手に触れられているとき――この教会で、氷川を手伝うようになってから覚えたすべてのことに、やりがいや充実感を覚えている。まるで日に日に、魂が浄化されているのではないかと思うほどだ。

（教会に、住み込みなんてしてるのがいけないのかな）

聖職者の種で悪魔の子を孕むためには、最善の策だと思っていたのだが。

肝心の行為は、毎晩友也だけが快感に翻弄されてわけがわからないうちに終わっているし、朝になると性懲りもなく、今日こそは精液を与えられるのではないか、もしくは精液を奪えるのではないかという気持ちが湧いてきて、氷川に手伝えと言われると断れない。

結果としてこのひと月、友也は教会や地域に貢献するよう、健気《けなげ》に働いてしまっていた。すなわち、淫魔らしいことはなにひとつできていない上に、悪魔としてのアイデンティティーすら保てていない状態だ。

(ほんとなら、地域に慕われてる神父を誘惑して、堕落させなくちゃいけないのに)

このままでは、氷川に手玉に取られたままで、ちょっとしたご褒美のように毎夜快感を与えられ、いいように使われ続けるだけだ。

――なんとかして、せめて悪魔らしいことをしなければ。

ぐるぐると思いを巡らせているうちに、開いたままだった聖堂の入り口から声がかかった。

「戻りました」

「神父さま!」

ぱっと声を弾ませた沙耶香が、跳ねるように席を立った。

声のしたほうに顔を向けると、戸口のところに、帰ってきたばかりらしい氷川が立っている。

「……おかえり、なさい」

友也は以前、今日と同じく外出先から帰ってきた氷川に、「寂しいな。お出迎えはなしですか」と言われて以降、どうにも慣れない言葉を口にした。

歩み寄ってきた氷川は、足元に沙耶香をまとわりつかせながら、にっこりと返す。

「ただいま、友也くん」

——ただいま。

おだやかな声に、とくんと甘く胸が鳴いた。

懐かしいようなぬくもりが、ふんわりと身体を満たす。この男は、自分のもとへ戻ってきてくれるのだという安心感。悪魔にはあるまじきそんな感情に、友也自身が戸惑ってしまう。

「神父さま、見て」

沙耶香が、さっきまでやっていた漢字ドリルの宿題を、いそいそと氷川の前に差し出した。

「どれどれ。――ああ、上手に書けていますね。小学校二年生は、こんな難しい漢字を習うんだな」

氷川は感心したように言うと、沙耶香の背丈に合わせて床に膝をつき、「ひとりでも、がんばっているんですね。偉いですよ」と、沙耶香の頭を撫でてやる。

氷川の反応に、沙耶香も満足したらしい。はにかむような笑顔を浮かべたかと思うと、友也のほうを振り向いた。

「ともやくんが、教えてくれたの」

「へっ？」

突然水を向けられて、友也は目を見開く。

「そうですか。友也くんが？」

「いや、僕は……たまたま、間違って書いてたところを見つけただけで」

「誤りをきちんと指摘してあげられるのは、じゅうぶん立派な先生ですよ」

氷川は、すっと友也のほうに手を伸べた。

なにをされるのだろう、と反射的に身がすくむ。

ところが、

予想もしなかったことに、差し伸べられた手のひらは、ぽんと友也の頭に乗った。

「――いい子だ」

「……え……？」

「私のいないあいだ、沙耶香ちゃんのそばにいてくださったんですね」

氷川の大きな手のひらが、ゆっくりと友也の髪の上をすべる。

上目で見ると、彼の瞳は、ふんわりとやさしい弧を描いていた。

「友也くん、ありがとう」

低い声が、身体の芯に染みてくる。頭を撫でるその仕草も相まって、まるで友也は、氷川に祝福を与えられているような気分になった。

（……こんな僕にも、できることがあるんだな……）

ありがとう、と礼を言われたことは、思いのほか友也の胸をあたためた。

なにもできないと思い込んでいた自分にも、誰かに感謝してもらうようなことができる。ここにいれば、この男にそう言ってもらえるようにがんばれたなら、もうひとりぼっちにならなくて済むかもしれない。そんな甘い考えまで浮かんできて、友也はぎゅっと唇を噛んだ。

（なに考えてるんだ、悪魔のくせに）

唇を噛み締めていなければ、氷川と、幼い沙耶香、そして自分がやさしい気持ちでつながれている
この空間から、離れたくなくなってしまいそうで――。

「さあ、そろそろ、ティーサロンの仕込みをしてしまいましょう」

タイミングよく氷川が号令をかけてくれなければ、身も世もなく彼の袖を摑んでしまうところだっ
た。泣き出しそうに熱い目の奥を、悟られないようぷいと横を向く。

けれど、氷川にはすべてお見通しだったのかもしれない。

彼は友也の腰を抱くと、やさしくなだめるように背を撫でた。

「友也くんも、手伝ってくれますか？」

「……それが交換条件なんでしょう」

「そうでした」

おかしそうに笑うと、氷川は沙耶香に見えない角度で、友也の耳たぶにちゅっと唇をつけた。

「それでは今夜も、がんばりますから。お手伝い、よろしくお願いします」

甘やかされているという以外のなにものでもないその声音に、友也は返す言葉もなくなった。

　このままでは、本格的にまずい。

　そうは思えど、具体的にどうすればいいかというアイディアはまったく浮かんでこなかった。

　聖堂で沙耶香の相手をしてやったあと、司祭館でティーサロンの仕込みをし、氷川の作ったとろとろ卵のオムライスと、夏野菜スープの昼食を取った午後のことだ。

　また笑顔の氷川に手伝いをゴリ押しされ、今はおやつのアイスボックスクッキーに飾るナッツを買いに、近所のスーパーにおつかいに行く途中だった。

　友也は、ぽくぽくと教会近くの道を歩きながら渋面を作る。

（そもそもなぁ……僕に悪魔らしいことが最初からできてれば、教会に住み込んで神父の精液をもらうなんてことにはなってないわけだし）

　悪事の良案を思いつかなくても、当然といえば当然だ。

　ただ――。

　――期末になっても現状から変化がなければ……今度こそ、容赦せんからな。

　佐田の視線を思い出すと、ぞっと背筋がつめたくなった。

　今回ばかりは、甘いことを言ってはいられない。なんとしてでも氷川の精液を手に入れて、悪魔の子を孕まなければならないのだ。

　でも、そのためにはいったいどうすれば？

　頭を悩ませていると、スーパーの駐車場に入ったところで「もー」と呆れたような声が聞こえてきた。目をやれば、みっつくらいの男の子を連れた母親が、憤慨したように腰に手を当てている。

「そんなに甘いものばかり食べてると、夜ごはんが入らなくなるでしょう？」

母親が見下ろす男の子は、スーパーで買ってきたらしいチョコレート菓子を手にしていた。

梅雨時期とはいえ、天気のいい昼下がりはかなり暑くなる。チョコレート菓子は男の子の手の中でべたべたに溶けていて、はたからみればなんとも微笑ましい光景だ。

「ごはんなんて、たべないもん。おかしがあれば、いいんだもん」

怒る母親に対抗して、男の子はぷうっと頬をふくらませた。まだ小さいのに、なかなか骨のある態度だ。すっかり感心していると、母親は大げさに嘆息して、予想外のことを言い出した。

「それじゃあ仕方ないね。ごはん食べないっていう悪い子は、鬼さんに連れてってもらわなきゃ」

「えっ……」

男の子が、さきほどまでとは打って変わって頼りない声を出す。

「ママ、これから鬼さんに電話するからね。ここに、ごはん食べない悪い子がいますよって」

「や、やだ……！」

（鬼かぁ……）

ひさしぶりに聞いた単語に、友也はなんとなく旧知の名前が出たような気分になった。

天使だの悪魔だのというのは、そもそも西のほうから入ってきた概念だ。外資系の企業と同じように、もともと日本に根づいていた八百万《やおよろず》の神様だとか、鬼や妖怪といったものとはうまく棲《す》み分けができるよう、各組織の上層部が職掌を調整しているはずだった。

「鬼の仕事なら、淫魔は協力できないよなぁ……」

さきほど教会で、自分にもできることがあるかもしれないと思ったばかりだからか。怒りながらも困った様子の母親に、なにか協力できないかと考えてしまう。

(――いやいや。なんてこと考えてるの、協力って)

友也はぶるぶるとかぶりを振って、妙な考えを追い払った。

悪魔のくせに、人助けができないかと考えているなんて。最近の自分は、やはりおかしい。どうしてこんなことに、と往来で頭を抱えていると、氷川のおだやかに低い声が、胸のうちに蘇る。

――いい子だ。

「……!」

教会の仕事を手伝うたび、ベッドに連れ込まれるたびに、何度も聞かされた言葉だった。思い返しているだけで、条件反射のようにじわりとうなじが熱くなる。

絶対に断れない笑顔で友也を意のままに操って、こちらが泣いて嫌がっても、快感の淵に追い詰めてしまう。あの男のほうが、友也よりもよっぽど悪魔的だ。

(やばい。このままじゃ、ほんとにまずい)

誘惑して堕とすつもりが、すっかり感化されている。

教会でのおだやかな暮らしの中で、すっかり悪魔の本分を忘れかけているのだ。

（ひとまずは……）

早急に、みずからの悪魔らしさを回復しなければ。

そこでピンときたのは、若い母親が子どもを叱る言葉だった。

――そんなに甘いものばかり食べてると、夜ごはんが入らなくなるでしょう？

「それだ！」

司祭館の冷凍庫には、あとは切り分けてナッツを載せ、焼き上げるばかりのアイスボックスクッキーが眠っているはずだった。

氷川は、サロンで子どもたちに出すおやつを手作りする理由を、友也に語ったことがある。いつだったか、友也がおやつの仕込みを手伝っていたときの話だ。

『なるべくなら、身体にいいものを食べてほしいと思っているんですよ』

その日のおやつは、小ぶりなドーナツだった。市販の型では大きすぎるというので、伸ばした生地を、大きさの違う二種類のコップでドーナツ型に型抜きしていたところだ。

型抜き係を仰せつかった友也が、べたつく生地を扱いかねて、

『ドーナツなんて、スーパーでふつうに売ってますよね。そのほうが安上がりだし、手間もかからないんじゃないですか？』

と不平をこぼしたことに対し、氷川はそう答えた。

『たしかに、買ってきたもののほうが安価ですし、楽もできるでしょう。でも、どんな工程を経て作

られているか判然としない市販品より、こうして自分たちの手で作ったもののほうが安心して食べてもらえるでしょう？』

『ふうん……そういうものですか？』

『教会にとっても、地域にとっても、子どもたちは宝ですからね』

友也が型抜きをした生地を、手際よく揚げながら氷川は言う。

『そもそもティーサロンは、今でこそ子どもたちが誘い合わせて来てくれていますが、本来、誰にでも甘味を振る舞おうと思ってはじめたものなんです』

『誰にでも？　ずいぶん気前がいいんですね』

『教会は、誰にでも開かれた場所ですから』

氷川は、いつもの言葉を繰り返した。

『子どもたちが集まってくれるようになると、近隣の人たちから、お茶やお菓子の材料を寄付してもらえるようになりました。青果店さんからはちょっと傷のついた果物とか、パン屋さんからは硬くなったパンとかですね』

『ああ……』

友也は、その前日に食べたバゲットのフレンチトーストを思い出した。

ちょうどいい甘さの卵液がしっとりと染み込んだバゲットは、頬がとろけそうにおいしかった。もうひとくち食べたいと思える量も絶妙で、そういえば、教会で出されるおやつは、上品な甘さで小ぶりなものばかりだなと思い当たる。

思ったままを口にすると、

『子どもたちの中には、家に帰ると夕飯が用意されている子もいますから。お腹がいっぱいで夕飯を食べられなくなってしまったら、作ってくれる人に申し訳ないでしょう?』

と氷川は笑った。

『寄付のおかげで、少しずつ招ける人も増えました。今後は、大人にも来てもらえるサロンにしたいなと思って運営しているうちに、私自身、気がつくことがあったんですよ』

『気がつくこと?』

『はい。当初は、信徒さん同士のコミュニケーションの場になればと思ってはじめたサロンだったんです。けれど、蓋を開けてみると、共働きのご家庭で放課後ひとりになってしまう子どもたちや、経済的に恵まれない人のためにもなっている——つまりティーサロンには、学童保育的な機能や、炊き出し的な意味合いをも持たせることができるのだと』

精神的にも物質的にも、寂しいのは本当につらいことですからね、と氷川は続けた。

『私は教会に、人と人とが寄り添い合って、慰め合える場所を作りたかったんです。同じ地域に住む私たちは、家族のようなものですから』

それは、日ごろから氷川が考えていることなのだろう。なんでもないふうに語る口調ではあるけれど、声にはしっかりと信念がこもっていた。

(もしかすると……氷川さんも、寂しいのかな)

氷川には家族がいない。神父だから、家族が持てない。

いくら彼らの言いぶんで、いつも神はそばにいる、世界は神の愛に満ちていると言っても、実際に触れられるぬくもりはないのだ。

——精神的にも物質的にも、寂しいのは本当につらいことですからね。

言い切ってしまえるのは、彼がそれを実感しているからではないか。

そして——。

そのことに気がついてしまったのは、ほかならぬ友也が、寄り添える人、触れ合えるぬくもりを持たず、寂しい思いをしているからだ。

(こんなこと考えてたら、また『悪魔らしくない』って言われちゃいそうだけど)

それに、いくら神父の孤独に共感したところで、あらゆることについてみそっかすの友也には、気の利いた慰めなど言えない。

どうしていいか迷うあいだに、氷川はどんどんドーナツを仕上げていった。こんがりときつね色に揚がった生地に、粉砂糖を振りかけたもの、シナモンシュガーをまぶしたもの。ミルクチョコレートとアーモンドスライス、ホワイトチョコレートとドライクランベリー、ストロベリーチョコレートとシュガースプレーで飾りつけたものなど、今日も色とりどりだ。

できあがったドーナツは、子どもたちがやってくると、ひとつひとつ手で配る。

みんなで中庭のテーブルを囲み、ドーナツにかじりつきながら、友也はなんとなく彼らを見回してしまった。

たいていの子どもは、学校帰りや、どこかに遊びに行く途中、おやつがもらえるからというだけで無邪気に集まってくるようだった。

けれど、少ないながら、暮らしぶりに困難がありそうな子どももいる。

親しくなるにつれ、まず気がついたのは、一番小さい女の子――のぞみの着ている洋服のバリエーションが、極端に少ないということだった。

その日もやはり、口のまわりを粉砂糖だらけにしながらドーナツを頬張る幼いのぞみの服装は、いつもの見慣れたものだった。クリーム色のカットソーと、プリーツの入った赤いスカート。二パターンしかない組み合わせのうちのひとつだ。

見た目で判断してはいけないと、友也だって理解はしている。

だが、よくよく注意して見ていると、のぞみが今着ているものは、彼女の身体には小さすぎた。洗濯されていて清潔そうだが、布地も古びて擦り切れている。隣でのぞみの口元についた粉砂糖を払ってやっている彼女の兄、小学六年生の健人《けんと》にしても、似たようなものだった。

『あの……健人くん』

見るに見かねて、友也は健人に耳打ちをした。

『僕、今お腹いっぱいだからさ。よかったら、僕のぶんのドーナツも食べない？』

ほかの子どもに気づかれないよう、そっと健人のほうに皿を押しやる。

するると健人は、小学生のわりに大人びた黒い目を、ほんのかすかに見開いた。こくりと小さく喉を鳴らし、けれど『いえ』と首を振る。

『おれのぶんは、もうもらって食べたので。大丈夫です』

『でも……』

なにかに耐えるように引き結ばれた口元を見ていると、それ以上言葉を継げなかった。友也が発した『でも』に続くのは、『そんなに痩せてて、お腹空いてるでしょ』という言葉で、その発言が彼を傷つけるということは、痛いほど伝わってきたからだ。

『――健人くんは、教会や地域の人の世話になることに、引け目を感じているようなんですよ』

ためらいがちに氷川がそう口にしたのは、その日の夕飯の席だった。

鰯《いわし》の香草焼きをナイフで切り分ける手を止めて、友也はやっぱり、という気分になった。

『……そうなんですね』

『幼いながらに、彼にもプライドがあるのでしょう。私たち周囲の大人も、どんなふうに彼を支えていけばいいのか、みんなで考えているところです』

健人の態度については、友也もうっすらと気がついていた。

天真爛漫《らんまん》な妹ののぞみは、友也にもすぐに懐いてくれた。ところが、友也や周囲の大人、たとえば氷川がのぞみの世話を焼こうとすると、健人が『おれがやるんで』と飛んでくる。ティーサロンでおやつを食べているときも、日曜に開かれる教会学校にいるときも変わらずそうだ。かたくなに、自分たちきょうだいでできることは、自分たちだけで済ませようとする。

『サロンのとき以外も、遊びに寄ってほしいと伝えてはいるんです』

氷川は、わずかに悔しさが透けて見える表情でつぶやいた。週に二回のティーサロン以外でも、できれば食事やおやつを食べさせてやりたいと思っているのだろう。

『それでも、一度も来てくれたことはありませんね。——こちらとしては、そのほうがよほど寂しいのですが』

らしくなく気弱な口調は、氷川の言葉に偽りがないことを教えてくれた。

『あんなに可愛い子たちを、食うや食わずの状態で放っておけるなんて……』

カトラリーを持っている手に、きゅっと力が入ってしまう。

健人たちの母親が、女手ひとつできょうだいを育てているのだということは聞いていた。母親だけで健人とのぞみを養うだけのお金を稼ぎつつ、さらに構ってやるのは、苦労が多いことだろう。とはいえ、大人びて見える健人だって、まだ小学六年生になったばかりだ。可愛がってやれとまでは言わないが、大人の庇護が必要な年齢だろうに。

きょうだいの身の上に、自分を重ねてしまったからだろうか。

友也は、なんだかわからないけれど猛烈に悲しくて、柄にもなく腹が立った。

『健人くんとのぞみちゃんのお母さん、もしかして、僕と同じ悪魔なんじゃないですか』

それも、友也よりもよっぽど才能のある悪魔だ。幼い子に、あんな、なにかを諦めたような寂しい目をさせるなんて。

けれど氷川は、そんな友也の考えを、『そんなことはありません』ときっぱりと否定した。

『私は、健人くんたちのお母さんにだって、愛はあると信じています。少なくとも、生まれるときはみな、愛されて生まれてきたはずですよ』

『どうしてわかるんですか』

『子どもを身ごもっているのは、本当に大変なことだからです』

不可解な顔をする友也を見て、テーブルの対面に座る氷川は静かにカトラリーを置いた。

『腹の中に子どもを抱えて、十月十日を過ごすんです。その状態を保つことに少しの愛もなかったとは、とてもではないけれど思えない』

『堕ろせなくなっただけかもしれないじゃないですか』

『――たしかに、そうかもしれませんが』

眉根を寄せる友也に、氷川は力なく笑った。その表情に、彼の無念を感じ取る。

まずいことを言った、と友也は息を呑んだ。

――私は教会に、人と人とが寄り添い合って、慰め合える場所を作りたかったんです。

――同じ地域に住む私たちは、家族のようなものですから。

そんなふうに言っていた男が、その地域に住む困窮した母親にも、空腹の少年にも、手を差し伸べることができずにいるのだ。悔しく思わないはずがない。

『無事に生まれてくることができて、今日まで生きてこられたのなら、それこそ神が愛していたに違いありませんよ』

氷川は、居間に飾ってある写真に目を向け、ひどくやさしい顔をした。

『少なくとも……今は私が、愛しています』

教会で開いたクリスマス会、晴れた日のティーサロン、年度終わりの教会学校——どれも、子どもたちが楽しげに笑って写っている写真だ。

(この子たちは……愛されてるんだ、この人に)

——いいなぁ。

胸の底の深いところから、ふうっと素直な感情が湧き上がってきた。

悪魔の道に堕ちてしまった自分にも、こんな家族がいればよかったのに。みそっかすの自分でさえも、包み込んでくれるような……丸ごと、愛してくれるような。氷川のような人がそばにいてくれたら、どんなにかいいだろう。

(……いやいやいや!)

ちょっと待って、と友也は思考をストップした。

神父相手に、なにを考えているのだろう。悪魔が、神父にそばにいてほしいと思うだなんて、そんなの完全にどうかしている。

友也はぎゅうっと目をつむって、自分の考えていることを打ち消そうとした。

(ダメだ、こんなところに長く居ちゃ)

対抗勢力のまさに渦中にいるのだ、調子が狂って当然だ。できるだけ早く氷川の精液を手に入れて、悪魔の子をこの身に宿し、教会を離れなければ。

(……そういえば、僕もいつかは、この教会を出ていくんだ)

氷川はまた、ひとりになる。

ちらりと目を開けて様子をうかがうと、氷川はもう棚の上の写真を見てはいなかった。

その目は、友也のほうに向けられていた。

慈愛に満ちたまなざしが、直前の彼の言葉を思い出させる。

――……今は私が、愛しています。

『……っ……』

友也はぐっと、心臓を押さえた。

摑まれたように、胸が痛い。自分はいつか、教会にこの男をひとり残して去っていく。この男のそばを、離れなくてはいけなくなる。

そんなことを考えてしまうなんて、本格的に調子が狂ってしまったようだ。

心臓の痛みは、なかなか治まってくれなかった。鈍い痛みを誤魔化して、友也は目の前の香草焼きを、無理やり口に押し込んだのだが――。

さんさんと陽の降る道路に立っていた友也は、はっと意識を取り戻した。

けれど心は、あのときの氷川のまなざしに囚《とら》われたままだ。

あのあと、湿っぽくなってしまった空気に戸惑い、言うに事欠いて友也は言った。

『それにしても、お母さんは一番必要とされてるはずなのに……健人くんたちのお母さんは、健人くんたちを産んでから、子どもが要らなくなっちゃったんでしょうか』

少しばかり、「健人くんたちのお母さんは、僕と違って誰かに必要とされているのに」という僻《ひが》みがあったことは否めない。それを自覚していながら、言わずにいられなかった。

すると氷川は、少しのあいだ考えて、『どうでしょうね』と曖昧に答えた。

『人間界にだって、天使や悪魔がいるでしょう。中庸にあたるものばかりがいるわけではないし、〝魔が差す〟ということだってある。子育てだけでなく、生きていく上でも、いいときと悪いときがあるでしょう。私はね、そんなふうに「どうもうまくいかないな」っていうときに、手助けできる存在がいるということを伝えたいんですよ』

そう語る氷川の、しっかりと芯の通った声、慈しみに満ちた表情を思い出すと、胸のあたりがきゅうっとなる。

（ああ、もう……まただ……！）

このまま氷川に感化され続け、悪魔らしくなくなってはよけいにまずい。

手っ取り早く、なにか悪事を働かなくては——そこにさきほど、お菓子ばかり食べる息子を叱っていた、母親の声が聞こえてきたのだ。

――そんなに甘いものばかり食べてると、夜ごはんが入らなくなるでしょう？

（これは……ちょうどいいのでは？）

手元には、おつかい用の財布がある。

教会に来た子どもたちは、友也がおつかいで買ってきたナッツを使って仕上げた、手作りの、甘さ控えめで小ぶりなおやつを食べて、夕飯を食べに家に帰っていくはずだ。

と、いうことは……。

（市販の、こってこてに甘くて、大きなサイズのおやつを買って帰ったら……子どもたちに、すっごく悪影響なんじゃないの？）

子どもたちは、もう教会に集まりはじめているころだろう。

あの子たちに、身体に悪いと言われる甘いものを腹いっぱい食べさせて、夕飯を作ってくれた人の気持ちを無下にし、ぶくぶく太らせる。氷川がおつかい用にくれたお金も、ぜんぶ甘いものを買うのに使ってやる。

（なんて悪いことなんだ……！）

あの子たちが健康を害するんだと考えると、なんとなく気は引ける。だが、ここで後込《しりご》みをしているから、「悪魔らしくない」と言われてしまうのだ。

自分を奮い立たせて踵を返し、友也は駅前のケーキ屋に足を踏み入れた。店の中でも一番大きなホールケーキを買って教会に帰る。

「ただいま！　すっごく甘い、大っきなケーキ買ってきました！」

意気揚々と聖堂に入ると、集まっていた沙耶香たち数人の子どもは、友也が想像していたのとなんだか違う反応で迎えてくれた。

「あ……あれ？」

友也は、うろたえて目をぱちくりさせた。なんというか、全体にしんみりした雰囲気なのだ。

拍子抜けしていたのもつかのま、氷川が「ちょうどよかった」とその場を取り成した。

「ちょうどよかったって……なにがですか？」

「いえね。沙耶香ちゃんが」

氷川は、もじもじとなにかを言い出そうとしていた沙耶香の背に、そっと手を添えた。

「沙耶香ちゃん、友也くんには自分で言おうか」

やさしく氷川が声をかけると、沙耶香は、意を決したようにこくりとうなずく。

「あのね……」

「……うん、なに？」

今朝、教会に来たときから、友也になにかを伝えようとしていた沙耶香だ。ようやく言える気分になったんだ、と嬉しく思って、友也はその場に膝をつき、沙耶香と視線の高さを合わせる。

沙耶香は、言葉が見つからないのだろうか、しばらく氷川の陰に隠れていたが、やがて心を決めたように口を開いた。

「さやかのママね、あたらしいパパとけっこんするの。だから、とおくの町におひっこしするの」

「——そういうことらしいんです」

氷川が「ちゃんと言えたね」と、沙耶香の頭をそっと撫でた。

「ついさっき、沙耶香ちゃんのお母さんがあいさつに見えましてね。新しい旦那様の郷里に移り住まれるようで、教会にも来られなくなるからと」

「そうなんだ……」

「ですから、ケーキは沙耶香ちゃんのお別れ会用に。クッキーも焼いてしまいましょうか。今日はいっそう、思い出に残るサロンにしましょう」

氷川は、友也をも気遣うような口調で言った。

そのかたわらで、友也はぽっかりと胸に穴が空いたような心地でいた。

沙耶香とは、今日でお別れなのだ。友也よりも先に、沙耶香はこの教会を出ていく。

しかし、沙耶香の母の立場からすれば、愛する人と一緒になれるなんて、こんなに嬉しいことはない。沙耶香にも、新しい家族ができるのだ。

「……そっか。よかったね」

おめでとう、と言いかけて、友也はあわてて口をつぐみ、「まあ、新しい土地に慣れるのって、すっごく大変だって言うけどね」と、精いっぱいの悪態をついた。

「せいぜい、新しいお父さんに気に入ってもらえるようにがんばらないと」

脅そうとしたつもりなのに、目の前の沙耶香の顔は嬉しそうにほころんでいる。お祝いムードになっていた心で急に言うことを考えたので、悪っぽさが醸し出せていないのだ。

うなだれそうになっていると、紅茶の用意をしてきた氷川が、子どもたちに声をかけた。

「それでは、ケーキをいただきましょうか」

「はーい！」

子どもたちには、すぐにいつものテンションが戻ってきた。彼らの世代なら、沙耶香ともう連絡を取れなくなるわけではないとわかっているのだろう。

ケーキを受け取った子どもたちから、「友也くんありがとう」などと言われていると、くすぐったいような気分になった。胸の奥が、あたたかい湯船に浸かったみたいに、ふわんとゆるむ。

おまけに、口のまわりをクリームだらけにして満足そうな子どもたちを見ていると、なんだか人間が言うところの、〝善いこと〟をしてしまったのではないかと思えてきた。

けれど、まあいいか、と思えるほどには、誰かを笑顔にできたことが嬉しい。悪魔的とは到底言えない心持ちに、自分でもなにがしたいのかよくわからなくなってしまう。

つらつらとそんなことを考えていると、いつのまにか友也の隣には氷川がいた。

「結果的に、ケーキを買ってきてくださったのは助かりました。いくらおめでたいこととはいえ、お別れはやはり寂しいものですからね」

彼の言いかたからすると、友也が悪意を持ってケーキを買ってきたことなどお見通しなのだろう。

だが、氷川の言葉に友也を責めるニュアンスはなかった。

氷川は、友達に囲まれ、楽しそうにケーキを頰張る沙耶香の姿を眺めている。

「沙耶香ちゃんが学校に行けなくなっていたのは、新しい環境に移ることや、それをお友達に言い出せないことに、センシティブになっていたからでしょう」

「ちゃんと、教会が拠《よ》りどころになってたんですね」

うっかりそう口にすると、氷川はふとこちらを向いて、まぶしいような目つきで友也を見た。

「そうであれば、私としても嬉しいです」

「でも……せっかくそんな場所ができたのに、引っ越しちゃうんだ」

臆病で、慎重な性格の沙耶香だ。新しい土地で、教会にかわる気持ちの拠りどころができるだろうかと、よけいな心配をしてしまう。

「そうですね。彼女が新しく住む土地にも、教会はあると思いますが――もしかすると、教会には来ないで過ごせるほうがいいのかもしれません」

「……どうしてですか」

氷川はちょっと肩をすくめて、「教会に来ずとも、神の加護が消えるわけではないからです」と友也の問いかけに応えた。

「教会は、止まり木であるべきなんです。人は、人とのつながりの中で生きられるのが一番いい。私はそう思っています」

ふたたび子どもたちに顔を向けた氷川は、解けるような笑みを浮かべて目を細めた。

どうしてか寂しげにも見える表情に、いつか彼が語ったことを思い出す。

――教会は、誰にでも開かれた場所です。

――傷ついた人も、ここで自分を見つめ直して、傷を癒すことができれば、また他者とのつながりの中に戻っていけるかもしれません。

氷川自身は、教会を、元気になった者がずっと留まるところではないと考えているのだろう。

そうであるなら、悪魔を更生させることは神が彼に与えた試練だと言った氷川は、友也を更生させたあと、教会に置いておくつもりはないはずだった。

氷川が友也をそばに置くのは、悪魔を更生させるためだ。

友也が悪魔的でなくなれば、氷川のそばにいられなくなる。

――そんなのは、嫌だ。

きゃあっと子どもの歓声が聞こえてはっとすると、友也はケーキ皿を前に考え込んでいた。

(また、悪魔らしくないこと考えてる……)

聖職者のそばにいたいだなんて、悪魔ならふつう、絶対に考えないことだろう。

(違う違う、そんなこと考えてない)

首を振って、ケーキを平らげてしまおうとフォークを取った。

と、そこで、はす向かいに座っていた健人の姿が目に入る。

のぞみの隣に腰を下ろし、クリームだらけになった口元を拭ってやっているその顔つきに、なんとはなしに違和感を覚え、友也は眉をひそめてしまった。

「……？」

どうしてだろう、と思って見るうちに、友也はその原因に気がついた。

ホールケーキに浮かれている子どもたちの中にいて、健人だけが浮かれていないから――いや、むしろ、なにか思い詰めたような顔をしているからだ。

（健人くん……なにかあったのかな）

「ほら、のぞみ、膝の上にもぼろぼろこぼしてるだろ。汚れたら洗うの大変なんだから……兄ちゃんが食べさせてやるよ」

「やだー！　のぞみ、ひとりでたべるもん！」

健人が取り上げようとしていたフォークを、のぞみがぐいと引っ張って取り戻した。その拍子に、フォークの先からまたぼろりとケーキのかけらが落ちていく。

クリームが載ったそのかけらは、のぞみのスカートの上に落ち――ぐっと表情を険しくした健人の背後で、ゆらり、と黒い影が揺れた。

（なんだ？　あれ……）

陽炎《かげろう》のような、靄《もや》のような。けれどたしかに、黒く色がついていたように見えた。

友也がそれを認識した瞬間、

「……、ッ……！」

どくん、と心臓が、摑まれたように縮み上がる。

危うくフォークを取り落としそうになった手を握り、衝撃に耐えた。

絞り上げられるように胸が痛い。視界がぐにゃりと歪んで、回り出す。覚えのある感覚だった――

そう、教会学校のとき、幼い姉と弟のきょうだいを見かけたときの動悸と同じだ。

身体に力が入らなくなり、その場にへたり込みそうになる。

と、そこに、

「――友也くん？」

前回の動悸のときと同じように、落ち着いた氷川の声が聞こえてきた。

背中に触れたあたたかいものは、氷川の大きな手のひらだ。

友也はいつのまにか、全身に、冷や汗とも脂汗ともつかない嫌な汗をかいていた。現実に引き戻され、忘れていた呼吸を再開すると、動悸もすっかり治まっている。

氷川が心配そうにのぞき込んでくるが、友也は、大丈夫だと伝えるためにうなずいてみせた。

沙耶香とは、これでお別れとなるおやつの時間だ。彼女が明るくみんなと別れられるよう、自分のことで不穏な気配を漂わせたくはなかった。

友也の反応を見た氷川は、軽く眉根を寄せていたが、すぐに心得たふうにうなずき返してくる。

「ケーキ、おかわりもありますよね。みんなに振る舞っても？」

気遣わしげに視線を合わせたままで、氷川は言った。子どもたちに心配をかけたくないという、友也の気持ちを理解してくれたのだろう。

友也も、気持ちを切り替えて、明るい声で答えた。

「おかわり、ありますよ。欲しい人はもちろんどうぞ」

「ありがとう。やさしいですね、友也くんは」

そう言われたのは、おそらくケーキのことに関してだけではない。にっこりとこちらを見て笑む顔に、言外の感謝が読み取れる。

悪魔が「やさしい」だなんて言われて、喜ぶはずがないだろう。嘘みたいに体調が戻った今となっては、反論のひとつもしたくなる。

だが——それよりも。

氷川は、「おかわりが欲しい人はいませんか？」と子どもたちを見回した。

その視線が、いまだ暗い顔をしている健人に向けられたとき、一瞬だけ鋭く、厳しいものに変化したことのほうが、友也にとっては気にかかった。

その夜、子どもたちを帰して、教会の仕事をこなし夕飯を食べたあと。

友也と氷川は、並んで皿洗いをしていた。いつもなら、「後片づけはお願いします」と言いつけられるところを、今日は「私がやりましょう」と氷川がみずから買って出たのだ。

けれど、夕飯を作ってくれるのはいつも氷川だ。後片づけまでさせてしまっては申し訳ないような気がして、こうして一緒に皿を洗っていると、いつもの「後片づけお願いします」は、友也にすまなく思わせないための気遣いだったのだとわかってしまった。

氷川に気を遣わせている原因は、午後のティーサロン——けっきょく沙耶香のお別れ会になってしまったが——のときからずっと、友也が考え込んでいることだろう。

今日の健人は、いつになく暗い表情だった。

いつもの彼は、あんなふうに険しい顔をする子どもではない。幼い妹を厳しい言葉で叱りながらも、その表情はやさしく愛情に満ちている、頼もしい兄なのだ。

「——健人くんのことですか」

隣に立っている氷川が、泡を洗い流した皿を友也に渡しながら言った。

それを受け取りながら、どうして氷川は、いつもこちらの考えていることがわかってしまうんだろうと不思議に思う。まるで、友也の心が読めているみたいだ。

「……そうです」

隠しても仕方がないので、友也は素直にうなずいた。

「健人くん、今日、暗い顔してたでしょう。友達とだって遊びたい年ごろだろうに、いいお兄ちゃんしてて偉いなって思ってたんですけど……やっぱり、大変なときもありますよね」

ただでさえ、のぞみは手のかかる年齢だ。大人でも手こずる幼児の世話を、小学生ながらによくこなしているなと、あらためて感嘆する。

そうしてやれるのは、健人がのぞみのことを好きだからだろう。

でも――。

「大変なときがあるなら、そのときだけでも手を貸してあげたいと思っても……健人くん、まわりの人に助けてもらうのは嫌なんですよね」

友也は、ため息でもつきたいような気分になった。

健人の大変さがわかっていながら、自分はなにもしてやれないのだ。そう考えると、己の無力さを突きつけられている気がして、情けなくなってくる。

「友也くん」

いつのまにかうつむいていたつむじに、氷川のあたたかい声が落ちる。

「あまり、考え込まないほうがいい」

「でも……」

「愛していても、なにもしてあげられないことはあります。それに……愛されているとわかるがゆえに、重く感じてしまうこともあるでしょう。健人くんは、自分たちのことを心配するあまり、友也くんが暗い気分になっても喜ばないと思いますよ」

「そう……ですよね」

自分の愛している人が、自分を愛しているがゆえに、なにかを犠牲にするのはつらい。氷川の言葉がなぜだか深く胸に響いて、友也はふたたび目を伏せた。

氷川は、落ち込んでしまった空気を変えるようにちょっと笑い、

「私はね、友也くん」

とおだやかな声で語りはじめた。

「善悪というのは、両極にあるものではないと思うんですよ。ひとつのものの、裏表とでも言いましょうか」

「……裏表？」

「はい。愛しているから、心配になる。愛しているから、重たく思われたくなくて手が出せない。反対に、もしも愛していなければ、気軽に手を差し伸べてしまえるのかもしれませんね。その人にとってなにが必要なのか、その人が本当に喜ぶことはなんなのか……考えることもないでしょうから」

洗い物を終えた氷川は、蛇口から流れる水を止めて言った。

「健人くんが我々の手助けを拒むのも、友也くんが、健人くんになにもしてあげられないと悩むのも――きみたちが、おたがいを愛しているからです。拒絶も、無力さに打ちのめされるのも、裏を返せば愛があるからですよ」

かすかに背筋が揺れる。


「愛……」

「そう、愛です」

手を拭いた氷川は、そっと友也の頬に触れてきた。

つめたい水に接していたからだろうか、人間のものではないようなひやりとした感触に、ふるりとかすかに背筋が揺れる。


「どんなことにも、光と影はあるものです。きっぱりと線を引くのは、なにごとにおいても難しい。こんなに可愛らしい悪魔もいるし——聖職者だって、私のように、悪魔に心惹《ひ》かれてしまうものもいますしね」

するり、と頬を撫でられると、なんだか重大なことを告げられた気がした。

——悪魔に心惹かれてしまう……。

「……って、ええっ……？」

あっというまに、火がついたように顔が熱くなる。

そんな友也を、氷川は声を立てて笑った。からかわれたのだと気づくまでに、時間はいくらもかからなかった。

「それにね」

氷川は、仕切り直すように口を開いた。

「以前もお話ししたように、私自身は、この世界に生きるすべてのものは、誰かに愛されていると信じています。ただ――私の能力にも、限界がありますからね。なにもかも、思い通りにはしてあげられない。それでもせめて、寄り添っていたいと思うんです」

「……さすがに、なにもかも思い通りになるって考えてる人は少ないと思いますけど」

からかわれたことにむくれ、唇を尖らせて友也は言った。

こんなふうに拗ねた気分ではなくても、誰も街の教会の神父様に、なにもかも思い通りにしてくれる力があるとは思わないだろう。期待すらしていないはずだ。いくら聖職者だとはいえ、氷川は神様ではないのだから。

けれど――。

それでも寄り添っていたいのだという、彼の言葉は。

(やっぱり、氷川さん……ひとりでいるのが、寂しいんじゃないかな)

ひと月以上生活をともにしていて、友也はもはや、確信を持っていた。

氷川が、地域の人や子どもたち、悪魔の友也にまで区別なく手を差し伸べようとしているのは、きっと彼が寂しいからだ。氷川のようにやさしく愛情深い人が、誰とも一緒にいられないなんて、そんなのは間違っている。彼らの神は、そんなふうに狭量な存在ではないはずだ。

どうすれば、氷川を満たしてやれるのだろう。

友也は最近、そんなことばかりを考えるようになった。

自分のようなみそっかすに哀れまれても、氷川としてもいい迷惑に違いない。けれど友也は、日に日に自分の感情を抑えることができなくなっていた。

(あんないい人が、寂しいままでいなきゃいけないなんて)

――僕が、そばにいてあげられたらいいのに。

「そっ……そんな弱音みたいなこと言ってると、悪い輩に狙われちゃいますよ」

知らないうちに、のぼせたみたいにぼうっと頬が熱くなっていた。

それを悟られないようにするため、友也は拭き上がった皿を食器棚に入れるふりをして、さりげなく氷川のそばを離れる。

「ほう……悪い輩、ですか？」

「そうです」

友也は悪魔なのだから、氷川が寂しい思いをしているとわかったところで、やさしい言葉はかけられない。だから、精いっぱいの悪態で、発破をかけてやるしかなかった。

「悪魔っていうのは、そういう『ちょっと寂しいな』みたいな心の隙につけ入るんですよ」

氷川は、「なるほど」と小さく笑った。

「本当だ。私は、悪魔につけ入られてしまったんですね」

「はい？」

「これまでは、自分の身の上を嘆くこともありましたが――今は、きみがいてくれますから。寂しくはありませんよ」

「え……えっ……？」

「友也くん」

呼ばれたときには、背後から抱きすくめられていた。

気がつけば、シンクと氷川のしっかりとした体躯に挟まれ、逃げ場を失ってしまっている。

「そういえば、今日働いてくださったぶんのご褒美をあげなくてはいけませんね」

意図的に低めた声が、艶やかなものを帯びる。夜の気配が、濃厚になる。

「ちょ、っ……氷川、さ」

うなじに唇を押し当てられると、さわりと肌が騒ぎはじめた。厄介な淫魔の本能だ、淫らな姿を見せつけて劣情を起こすべく、快感をめいっぱい享受するようにできている。

「今日は、一日中よく手伝ってくださいましたからね。特別なご褒美をあげないと」

首筋に鼻を埋めて喋られると、それだけで腹の奥が熱くなるようだった。

氷川だって、その反応がわからないわけではないだろうに、逃れようとする友也の身体を、そうさせまいとするように、いっそう腕に力をこめてくる。

「ん、……ッ、こ……ここで、するの……？」

友也は、戸惑いを隠せず氷川を振り仰いだ。はじめての夜こそソファーで酔わされたものの、ここのところは、友也が忍び込んだ氷川のベッドの上か、もしくはバスルームで悪戯《いたずら》のように愛撫を施されたあと、やはり氷川のベッドに連れていかれていたからだ。

「たまには趣向を変えるのもいいでしょう？」

ゆるゆると友也の尻を撫でながら、氷川は意地の悪い声を出した。

「それに、賞罰はなるべくすぐに与えるのがいいと言いますからね。がんばってくれた友也くんに、すぐにでもご褒美をあげたいんですよ」

それは犬かなにかの躾《しつけ》をするときの話では、と言おうとして息を吸い込んだところで、氷川の指が背後から友也のベルトにかかる。

「……！」

飛石のおさがりのコットンパンツはぶかぶかで、痩せぎすの友也は、なんとかベルトで留めて穿いている状態だった。そのベルトを外されてしまうと、パンツはすとんと床に落ちる。

「な、なにす……」

「ほら。友也くんも、ご褒美を欲しがってるじゃないですか」

下着の前を、やんわりと撫でられる。

そこは、たったこれしきの誘いをかけられただけで、ゆるく勃《た》ち上がりはじめていた。

「……っ、……」

「期待、してくれているんでしょう？」

ゆったりとした手つきで撫でられていると、催眠にかけられたように期待が高まってしまう。

友也はたまらず、カウンターの縁に手をついた。そこに覆いかぶさるようにして、氷川はより体を密着させてくる。

「素直な――いい子だ」

器用な手指が友也の前に回ってきて、シャツのボタンをぷつぷつと外していく。あっというまにはだけられたシャツの下、腹を、胸を、思惑を持った指先が這う。

「ここも……期待してくれているみたいですね」

尖った乳首をぴんと弾かれ、友也は鼻にかかった声を上げた。

「……う、あっ……」

「ここでも、感じられるようになったのかな」

凝《こご》る乳首を強めに摘まれたかと思うと、捏《こ》ねるように押し込まれる。鮮やかな刺激に、友也は知らず、腰を揺らしてしまっていた。氷川はそれを、まるで嘲笑《あざわら》うように喉奥で笑う。

「こんなに淫らに聖職者を誘うだなんて、悪い子ですね」

氷川は、片手で友也の胸元をいじりながら、もう片方の手を下腹に這わせた。

すっかり育ってしまった性器は、すでに先端をしっとりと湿らせている。

「健気な姿を見せたかと思うと、こんなふうに妖しい姿を見せる――そのギャップに、惑わされてしまいそうですよ」

「え……？　あ、あっ……」

下着の中に手を入れられると、びくんと腰が跳ね上がる。

ゆるく握られ、愛《いと》おしむように扱かれると、先端からあふれるものがどっとその量を増した。はしたない自分の身体の反応に、肌の温度がかあっと上がる。

「……ッ、それ、だめ……恥ずかし……」

「どうしてですか？　ここは、私に触られたくてこうなっているんでしょう？」

手筒を上下に動かされると、ぬちゅ、くちゅっと、濡れた音が耳まで届く。その音にまた劣情を煽られて、友也の性器は痛いほどに張り詰めた。

「もっとしてほしい？　私を、求めてくれているんですね」

「ち……ちが、ッ……」

「嬉しいですよ」

ちゅっ、と耳の裏にくちづけを落とし、氷川は手の動きを早めた。

ぬめりをまとった氷川の指が、熱いところに絡みつく。

速度を上げて擦り立てられると、もういくらも保たなかった。

手に触れたものに爪を立て、必死で掴もうとするけれど、つるりとした無機質なカウンターは、友也をすがらせてはくれない。こらえ切れず、絶頂の淵に追い詰められて、友也は痙攣《けいれん》するように背をしならせた。

「——う、あ、あっ……！」

ばさっ、と音を立てて、黒い悪魔の羽が広がり出る。

がくがくと身体が跳ねるのに合わせ、びゅっ、びゅっと白濁がカウンターの上に散った。それを恥じるような気力もなく、くたりとカウンターの上に倒れ込みそうになったところを、氷川の腕に支えられる。

あたたかい腕にぶら下がるようにして摑まると、ほっとしてさらに力が抜けた。

「たくさん出ましたね」

愛おしげにキスを降らせながら、氷川はなおも、絞り取るように友也の性器を扱いてくる。

達したばかりで敏感なそこに触れられると、頭のどこかがショートしそうに、びりびりと危うい刺激が走った。

「ひ……あっ、やだっ、それ、やめ……て……」

「おや、こちらは駄目ですか？　では――こちらかな」

氷川の指が、友也の尻のはざまをたどり、秘めたところへと忍び入る。

「――……ッ……！」

まだ誰にも、触れられたことのない場所だった。

そうっと撫でられたそこは、とろりと潤むように濡れていた。

事務所の先輩たちに、うっすらとだが聞いたことがある。淫魔はその身体に精を受けようとするとき、人間の女と同じになるのだと。

これが――その、精を受けようとする反応なのだろうか。

自分でも知らなかった身体の機能に、すっかり混乱してしまう。

「あ……ぼ、僕……」

「大丈夫ですよ」

氷川は、うっとりした声でそう言うと、今一度友也の身体をぎゅっと抱き直した。怖がらせないようにという配慮だろう、ぬめる蕾《つぼみ》を、指の腹でそっとやさしく撫でている。

「私も神父をやっている身ですから、悪魔のことについて少しは知識があるつもりです。これは、友也くんが、私を受け入れてくれる準備が整ったということでしょう？」

「わ、わかんな――」

「安心してください、急ぎはしません。ゆっくりしましょう」

氷川は友也の身体を抱いていた腕を、少しずらした。

指先で友也の顎をとらえると、上向かせるように振り向かせ、唇を押しつけてくる。

「ん……、ふ、ッ……」

角度を変えて、幾度かついばまれたのちに、氷川は舌で友也の唇をなぞった。

とんとん、とノックするように舌先で突かれ、うっすらと唇を開けてしまう。するとそこから、あたたかなものがぬるりと入り込んできた。

氷川の舌は、友也の反応をうかがうように、そっと舌の表面を撫で、歯列をなぞる。

あたたかく弾力のあるものを口いっぱいに含まされ、唾液がこぼれそうになると、音を立てて啜《すす》り上げられ、こくんと飲み込まれてしまう。

「は……ぁ、ッ……」

長いくちづけに、酸素が足りなくなってしまったようだ。

ようやく細い糸を引いて唇が離れるころには、友也はすっかりぼうっとしていた。氷川はくすりと小さく笑い、キスで唾液の糸を絡め取る。

そのあいだも、後孔にはずっと指をあてがわれたままだった。

すっかり脱力しきったところを狙っていたのか、氷川が「息を止めないで」とささやくように友也に告げる。

「ん、ッ……」

「そう――いい子だ」

お決まりの文句で友也をあやしながら、氷川はこちらの呼吸に合わせて、指を中へと進めてくる。

たっぷりと潤っていたそこは、彼の指を難なく受け入れた。

肉体の境を、氷川の骨ばった指が越えてくる。

もどかしいような刺激は、快感というよりも、違和感というほうがしっくりきた。

体内に、他人を受け入れているのだ。

「……く、……ぅっ」

「ああ、いい子ですね。根元まで、ちゃんと呑み込めましたよ」

背中の羽をくすぐるようなキスを落としつつ、氷川は言った。

そう言われても、背後から指を入れられている状態では、友也に確認するすべはない。

「……っは、あ……」

「痛くありませんか？」

なにか言おうとしたけれど、とても声を出せるような状態ではなかった。ただ弱々しくかぶりを振って、強烈な違和感を逃がそうとする。

「少しずつ、慣れていきましょうね。友也くんが、気持ちよくなれるように——私のことを、受け入れられるように」

「ん……、っ……」

「ほら、想像してください。こんなふうに私を受け入れて、ここで精を受け取るんですよ」

手のひらを脚のあいだに押しつけるようにして、氷川はそっと、友也の身体の奥を撫でた。

官能の予感がざわりと背筋を這い上がり、下腹がじんと重く痺れる。

「……ッ、あ……」

「ああ、ちゃんと想像できたんですね。わかりますか？　濡れてきている」

氷川がそっと手を動かすと、くちゅっ、と濡れた音が立つのがわかる。こぷりとさらに蜜の湧き出たところを、探るように揺らされた。

「あ……っ、ぅ……ひ、ひかわ、さ……ッ、……！」

心許ない感覚に、身体に回された腕にしがみつく。氷川の腕は、友也の仕草に応えるように、ぎゅっと抱きしめる力を強くする。

指先は、緩慢な抽送をはじめていた。

友也の反応をたしかめるように、浅いところを撫でさすり、深いところへと進む。

律動はだんだんと幅を増し、大きなストロークで突かれはじめるころには、身体の奥を痺れさせているその刺激は、はっきりと快感なのだとわかってきた。

「は……ッ、あ、だ、だめです、ひかわ……さ、そんなに、したらっ……」

味わったことのない愉悦に、身悶《みもだ》えながら訴える。

ところが氷川は、より強く友也を抱きしめるだけで、指先の動きをゆるめようとはしなかった。

「どうして、駄目？」

「そんなに、したら、ッ……おかしく、なる……、っ……」

「ええ、いいですよ。我を忘れて乱れるさまも、見せてください」

「あ――あぁっ……！」

ひときわ高い声を上げてしまったのは、友也の内側、しこりのようにふくれたところを、指の腹で押されたからだ。

鮮烈な快感に、目の前でちかちかと光が弾ける。

「だ、だめ……そこ、だめっ……！」

「駄目、ではないでしょう？　中は、私を誘い込むように悦《よろこ》んでいますよ。それに――ほら、またあふれてきた」

「ん、んぅっ……」

ぬぷ、こぷりと奥からあふれてきた蜜が、氷川の手のひらからこぼれ落ち、太腿《ふともも》を伝っていく。その感覚にさえ愉悦を覚え、また蜜を噴きこぼしてしまう。

「あ、ア――っ、ああっ……」

浅い息を吐きながら、手探りでくずおれそうな身体を支えるものを探す。

もう今の友也には、氷川の腕しかすがれるものはなくなっていた。ぎゅうっと抱きしめるようにかきつくと、背後の男は、くっと唸って息を詰めた。

「ここに――精液を注いだら」

こちらのいいところを突きながら、氷川はしがみつかれた腕の手のひらで、友也の下腹をやさしくさする。

「私の、子どもができるかもしれませんね」

「ん、あッ、産めるの、知って……？」

「もちろん、知っていますよ。悪魔についての知識、多少はあると言ったでしょう？　だから――期待していたのは、私のほうかもしれません」

その声が、寂しげに聞こえたのは気のせいだろうか。

問い返すこともできず喘ぐうちに、氷川は友也の羽の縁に、ねろりと舌を這わせてきた。ほかの器官よりも数倍敏感にできている羽を、舐めしゃぶりながら氷川は続ける。

「ねえ友也くん、私の子を、産んでくれますか」

「はぁ……ッ、え……？」

「私の精液で、私の子を産んで——私に、家族をくれませんか」

「あ——あぁっ……！」

なにを言われたんだろう、と思ったときには、どうしようもなく快感を得てしまうところをぐいと強く押されていた。そのまま捏ねるように刺激され、ひとたまりもなく追い上げられる。

「や……ッ、ひ、ぅ、ああっ——……！」

うなじにぐっと唇を押しつけられると、身体が跳ねるように反り返った。稲妻のような快感が駆け抜けていく身体から、快感の証《あかし》が放物線を描いて噴き上がる。

「……——っ、……！」

息もできない、圧倒的な快感だった。

愉悦の涙で曇った視界に、ぱたっ、ぱたたたっと精液が滴り落ちていくのが見える。

どっと脱力した身体を、たくましい腕が抱きとめてくれる。ぐったりと身を預けると、太腿のあたりに、硬く熱いものが触れた。——氷川も、友也の身体に興味がないわけではないのだろうか。

混濁した頭の中で、友也はぼんやりと考える。

――この人に、家族を作ってあげられたら。

氷川も、生殖能力のある男なのだ。

もしも友也が人間の女だったら、氷川に家族を作ってやれた。

友也と子を成したところで、生まれるのは悪魔の子だ。おまけに、氷川の望みを叶《かな》えてやりたいなど言い出せば、更生したと思われてしまうだろう。

――教会は、止まり木であるべきなんです。

氷川は、いずれは友也もここを出ていくのだと思っているに違いなかった。

彼の望みを、叶えてやりたい。氷川に、家族を作ってやりたい。

なによりも、友也自身が、氷川のそばにいたいと思っている。

（僕……また悪魔らしくないこと考えて……）

でも――今は……。

友也くん、と呼ぶ声とともに、あたたかな腕に包み込まれる。

妙なことを考えてしまうのは、強烈すぎた快感の余韻で、頭が混乱しているせいだ。そう考えることにして、友也は自分を抱く腕のぬくもりに、今だけ溺《おぼ》れることにした。

3

〈しん父さま　友やくん
　お元気ですか。わたしは元気です。
　新しい学校は、楽しいです。おうちでは、犬をかっています。
　夏休みには、教会にあそびにいきますね。
さやか〉

　手紙が届いたのは、沙耶香が引っ越してから半月後、七月の声が聞こえる暑い日の朝だった。

　封筒には、新しい家で飼いはじめたらしいトイプードルの子犬と、屈託のない笑顔をカメラに向けた沙耶香の写真が同封されていた。

「へぇ……沙耶香ちゃん、すっかりお姉ちゃんですね」

　司祭館の居間のソファーに座り、友也はほうっと息をついた。子犬を抱いた沙耶香の顔は、妹分ができたからだろうか、二週間前と比べて少し大人びている。

　隣に座っていた氷川も、友也が持っている手紙をのぞき込んだ。

「本当ですね。書ける漢字も増えていますし——ほら、これ」

氷川は、手紙の文面を指先でとん、と指す。「お元気ですか」という箇所だ。

「きみが、沙耶香ちゃんに教えてあげた字でしょう?」

「そうですね」

「ちゃんと使いこなせるようになっている。きみが教えた成果ですね」

ご褒美です、と言われたかと思うと、かたちのいい指で前髪を分けられ、ちゅっと小さなキスを落とされた。

突然のことに、友也は額を手のひらで覆い、かーっと頬を熱くする。

「ひ、氷川さん……!」

「さて、今日は子どもたちが来てくれる日ですよ。おやつの仕上げをしてしまいましょう」

咎める声をさらりと流し、友也の頭を愛おしむように撫でながら、氷川はソファーから立った。

沙耶香のお別れ会の日以来、氷川のこういったスキンシップは激増した。もちろん、夜はいまだにこちらが喘がされてばかりいる。しかも、どうしてかその手つきが日に日に甘さを増していくように思えて、友也は正直混乱していた。

(氷川さんは神父なのに……いいのかな)

悪魔を住居に置いているばかりか、やさしく触れようとするなんて。聖職者として、なにかを見誤っているのではないだろうか。

そこまで考えたところで、いや、と友也は自分の間違いに気がついた。

混乱している場合ではなかった。この状況を利用して性交渉にまで持ち込み、氷川の精液を奪えるように、よりがんばらなくてはいけないのでは？

そんなふうに奮起してはみたものの——。

けっきょく、午後はティーサロンがはじまる時間まで、聖堂の掃除をしたり、書類の仕分けに勤《いそ》しんだり、あんずを焼き込んだカスタードパイに、砕いたピスタチオを振る飾りつけを手伝ったりすることに精いっぱいで、なにも淫魔らしいことはできなかった。

ところが、その日のサロンでのことだ。

「あれ……？」

子どもたちにカスタードパイを配っていた友也は、ふと気がついて顔を上げた。

いつもより子どもたちの人数が少なく感じるなと思ったら、健人とのぞみの姿がないのだ。

なんだか嫌な胸騒ぎがして、紅茶の用意をしている氷川に声をかけた。

「氷川さん」

「どうかしましたか、友也くん」

「いえ……どうかした、ってほどじゃないんですけど」

友也は、カスタードパイを手にはしゃぐ子どもたちのほうに目を戻した。

これまでふたりは、サロンのある日は欠かさず姿を見せていた。サロンに現れないのが今日だけであれば、風邪でも引いたのかな、学校で行事でもあるのかなと、友也もこんなに気にかかることはなかったのだろうけれど——。

「健人くんとのぞみちゃん、前回のサロンのときも来てませんよね。どうしたのかなと思って」

「おや——心配ですか」

氷川は紅茶を注ぐ手を止めて、軽く驚いたふうに眉を上げる。さも意外だと言いたげな反応に、友也はちょっとむっとした。

「……なんですか」

「いえ、なんでも。悪魔のきみが、子どもたちを心配してくれるんだなと思っただけです」

「………‼」

——しまった。

カスタードパイのかごを抱えたまま、友也は物も言えずに固まった。

たしかに悪魔が、子どもたちの心配なんかをすべきではない。

焦る友也を見ていたのか、氷川はくすりと品よく笑った。が、すぐにちょっと厳しい顔つきになって「ですが、たしかにおかしい」と子どもたちのほうに目を向ける。

「今日のサロンが終わったら、様子を見に行ってみましょうか。——だから、安心してください」

氷川はそうささやきがてら、子どもたちに見えない角度で、友也の耳にちゅっと唇を触れさせた。

友也はきょとんとまばたきをしたのち、なにをされたのかを理解して、ぱあっと熱を持ってしまった耳元を押さえる。

「ちょっ……氷川さん……！」

「カスタードパイ、みんなに行き渡りましたか？」

にこにこと子どもたちを見回しているところを見ると、氷川に取り合う気はないらしい。

友也はひとり、困惑して赤く染まっているだろううなじを撫でた。

不意打ちのキスのおかげで、胸の中をざわつかせていた嫌な予感は消えている。鈍い鈍いと仲間内で悪名高い友也でも、いい加減に気づきはじめていた。氷川はいつも、こうして友也にちょっかいをかけているふりをして、友也が感じている不安や焦り、寂しさを取り去ってくれているのだ。

（こういうとこ……ちょっと、癪《しゃく》だよなぁ）

なんとも言いがたい気分になって、友也は眉間にしわを寄せた。こうして気遣ってもらっているのに、友也は悪魔だから、素直に礼を言うこともできない。

（僕は……氷川さんから奪おうとするばっかりで、なんにもしてあげられることがないのに）

「ともやくーん！」

テーブルについている子どものひとりが、こちらに向かって手を振った。

初夏の午後、木製のテーブルを置いた教会の中庭には、まぶしい陽射しが降り注いでいる。そのそばでは、子どもたちに囲まれた氷川が、やさしい笑みを浮かべている。

「友也くん、いただきましょう」

「……はい」

（こんなの、悪魔らしくない――悪魔らしくない、けど）

ほんのちょっとの時間だけ、さっき氷川が嫌な感じを取り払ってくれたときの借りを作りたくないから、希望に応じて同席するだけだ。

そんなふうに自分に言い訳をしながら、友也は子どもたちの集まるテーブルへと足を向けた。


健人たちの住むアパートは、教会から歩いてすぐのところにあるという。

陽は沈み、空の端にうっすらと茜が残っていた。東から夜の藍がやってくると、隣を歩くものの顔さえ翳って誰だかわからなくなる時間。昼と夜の変わり目、此岸《しがん》と彼岸が重なる逢魔《おうま》が時《とき》だ。

友也の手の中にある、夕飯のおかず――チキンのトマト煮、かぼちゃとズッキーニのソテーを入れた容器は、まだほんのりとあたたかい。夕飯を作りすぎてしまったので、健人たちにも処理を手伝ってほしいというていだった。

「ここですね」

氷川は、二階建てのアパートの前で足を止めた。

彼の視線の方向からすると、健人とのぞみが住む部屋は、二階の右端にあるようだ。

「ここ……」

友也も、アパートを見上げてこくりと喉を鳴らす。

なかなかに古いアパートだ。白いモルタルの壁に木目のドア、黒い手すりや階段がレトロな雰囲気で、ドアを開ければきっと畳の部屋があるんだろうなと想像させる。

だが、友也が息を呑んだのは、その建物の古さにではなかった。

近くの電柱に止まっていたカラスの群れが、ぎゃあぎゃあと悲鳴のような声で鳴いている。

宵闇に浮かび上がるアパートは、なんということはないごくふつうの建物なのに、明らかな禍々《まがまが》しさを放っていた。

（……なんだか、あんまりよくない感じがする）

友也のような鈍い悪魔にさえわかるほどの、どす黒く兇悪《きょうあく》な気配だ。友也は、ぎゅっとシャツの胸元を握った。——また、あの動悸が来そうだ。

「大丈夫ですか」

声に仰ぐと、隣に立つ氷川が、友也の顔を見下ろしていた。眼鏡の向こうの彼の瞳が、鋭く光った気がしてぞくりとする。

「あ……はい、大丈夫です……」

答える声が掠れてしまい、友也は自分が思った以上に怖がっていることを実感した。

忌まわしい気配から受ける悪寒に加え、氷川の眼光が目に焼きついて離れない。どうして氷川がそんなふうに見えたんだろうという疑問が頭をよぎるが、今はそれどころではなかった。

「それより、健人くんとのぞみちゃんが」

「ええ――そうですね」

氷川は、ついとアパートのほうに目を戻した。

健人とのぞみは、幼い上に、妖異に対してなんの抵抗力もない人間だ。悪念の正体がいったいなにかはわからないが、すぐにでも無事をたしかめたかった。

氷川は、友也をかばうように背後に回し、足早にアパートの階段を上っていった。

禍々しい気配はいっそう強くなるが、まだその正体は現れない。

友也たちは、二階の廊下の一番右端、健人とのぞみが住む部屋の前にたどりつくと、ドアの横に備えつけられた呼び鈴を押した。

場違いに間延びしたチャイムの音が、濁ったように毒気を含んだ空気に響く。

だが、チャイムに対応する気配はなかった。

「こんばんは、氷川です。健人くん、のぞみちゃん、そこにいるかな」

こんこんとドアをノックしながら、氷川は部屋の中に声をかけた。

廊下に面した窓からは蛍光灯の光が漏れているので、おそらく留守ではないはずだ。

しばらくは扉の向こうに耳を澄ませていた友也だが、返答がないことに焦《じ》れてしまって、木目模様のドアに耳を当てた。

「急に来ちゃってごめんね。実は今日、教会で夕ごはん作りすぎてさ。味見してもらえたら嬉しいなと思って、お裾分けに来たんだ。僕も手伝ったんだよ、チキンのトマト煮」

扉の向こうは、しんと静まり返ったままだ。

駄目か、とため息をつきかけたところで、がたん、と部屋の中から物音がする。

「……！」

氷川と顔を見合わせていると、けほっ、けほっと子どもが咳《せ》き込んでいるような、弱々しい音が聞こえてきた。のぞみだ。

「のぞみちゃん！」

病気か、怪我か、なんらかの原因で動けなくなっているのだろうか。

友也はあわててドアノブをひねるが、鍵がかかっていて扉は開いてくれなかった。どうしよう、と焦っていると、氷川が友也の腕を摑んだ。

「友也くん、退《さ》がって」

氷川はしっかりとした声で言うと、友也をドアから遠ざける。

進み出た氷川は、集中するようにすっと目を細め、ドアノブに触れた。でもドアには鍵が、と口を開こうとしたところ、かちりと小さく金属の触れ合う音がする。

「開きましたよ」

（えっ……？）

驚くような暇もなく、氷川は土足で部屋の中へと駆け入った。

急いで友也もそれに続き、そこで起こっていることに目を丸くする。

簡素な室内——というよりは、殺風景で物が少ない和室の六畳だ。部屋の中央には古いちゃぶ台が置かれ、健人とのぞみはその脇にいた。

「のぞみちゃん……！」

友也が息を呑んだのは、健人の指が、のぞみの首筋に食い込んでいたからだ。——健人が、のぞみの首を絞めている。

「なにして……、ッ……！」

とっさに駆け寄ろうとした友也の目の前で、バチッと大きく火花が散った。反射的に目を閉じると同時に、跳ね返すような圧力を受けて尻餅をつく。

（なんだ、今の……？）

くらくらする頭を押さえ、必死に目をこらしても、部屋の中に障害物らしきものは見えない。

転倒するとき、かなり派手な音がしたというのに、健人はこちらには目もくれなかった。虚《うつ》ろな瞳をのぞみに向けて、ぎりぎりとその首を絞め続けている。

「結界ですね」

かたわらに立つ氷川が、見たことがないほど厳しい目つきで前方を睨んでいた。あまりに圧倒的なその視線に、背筋をつめたいものが走る。

「結界……」

「ええ、正確には別物ですが。――あいつの仕業ですよ」

まるで氷川の声を合図にしたように、健人の背後の景色がゆらりと揺れた。

健人の背のあたりから、黒い靄のようなものが立ち上る。その靄を見た瞬間、息が止まりそうなほど強い動悸が友也を襲った。

「……ッ、……!!」

教会で、健人の背後に黒い靄を見たときと同じだ。けれど今回は、前回とは比べ物にならないほど激しく鼓動が乱れている。

「か……は、っ……」

息ができず、喘ぐように口を開閉した。

「友也くん！」

氷川の声が、膜越しに聞くようにくぐもっている。

駆け寄ってきた氷川に、へたり込みかけていた身体を支えられ、どん、と背中を強めの力で叩かれた。急に呼吸ができるようになり、ごほごほとその場でむせる。

「すみません。思ったよりも力を蓄えていたようですね」

苦虫を嚙み潰したように顔を歪める氷川に、友也は「いえ」とかぶりを振る。

「あれ……もしかして……？」

「ええ。どんな存在の仲間にもなれない、負の思念——はぐれ悪魔です」

　ふたたび目をやった健人の背後には、今やはっきりと黒い靄が浮かんでいた。

　背中の靄に吊《つ》り下げられているような格好になっている健人の顔は、死人のように青白く、しかしなおのぞみの首筋から手を離そうとはしない。

《——強情》

　金属の摩擦音のような声が、びりびりと脳を震わせる。不快感に顔をしかめると、友也を抱き起こした氷川の手に、ぐっ、と力がこもるのがわかった。

《操レナイ。ウマク、操レナイ。子ドモ、殺ス、一瞬ナノニ》

「これ……はぐれ悪魔の声……？」

「そうです。友也くん、動かないで」

　氷川は黒い靄を睨みながら、鋭い声で言った。

「でも……！」

　黒い靄は、やはり健人にのぞみを殺させるつもりなのだ。

　助けなければ。

　動転したままふたりのほうに目をやるが、下級悪魔で、しかも淫魔の友也には、はぐれ悪魔を退けるような能力はない。

　そう、友也は悪魔なのだ。

目の前で、いたいけな少女が兄に殺されるなどというひどい場面は、喜びこそすれ助けようという気持ちになるものではないはずだ。

けれども——。

健人の身体ががくがくと震えたかと思うと、かくん、と前のめりに傾いた。気を失ってしまったらしい。だがそのせいで、健人の手にはいっそう力が入ったように見えた。意思で抗うことができなくなり、いよいよ黒い靄の意のままに操られているのだ。

「健人くん、のぞみちゃん……！」

このままじゃいけない、と思ったときには、身体が勝手に動いていた。

「友也くん！」

氷川が制止するのも撥《は》ね除《の》けて、健人とのぞみの近くに駆け寄る。

自分のどこにこんな力があったのかと思う勢いで、友也はきょうだいのあいだに割って入った。のぞみの首筋に食い込む指を、無理やりに引き剝がす。

健人の背後の黒い靄が、殺気立ったようにぐわりと体積と圧力を増した。

健人を呑み込み、友也ごとのぞみを取り込むつもりだ。それを理解した瞬間、友也はのぞみを守ろうと、無我夢中で小さな身体に覆いかぶさっていた。

そのときだ。

「控えろ！」

凜とした声が響いたかと思うと、ぎゅっと閉じていたまぶた越しにも真っ白な閃光《せんこう》を感じた。

「……!?」

声は、氷川のものだった。

おそるおそる目を開けると、すぐそこに氷川の背中が見えた。黒い靄を制するように手のひらを差し出し、のぞみを抱き込んだ友也を背後にかばうような格好だ。

「氷川……さ……」

渇いた喉から、ぽろりと言葉が転がり出る。

それは、恐怖からの声でもなく、助けてくれた礼を言うためでもなく、目の前の氷川の変化に驚いていたからだった。

《――コイツ、ナニ》

苛ついたように気配をざわつかせる黒い靄も、目の前の男の変化に戸惑っているようだ。

それもそうだろう――靄と友也たちのあいだに立ちはだかる氷川は、まるで内側から発光しているように、うっすらと光をまとっていたのだ。

彼が立っているあたりの畳からは、光の粒子のようなものが立ち上っている。着ていた衣服も、すべて漂白されたように真っ白に変わっていて――その姿は、いっそひれ伏したくなるほどに、神々しい威厳に満ちていた。

「その子を、解放してください」

体勢を崩さないままで、氷川は言った。意識の戻らない健人は、いまだ黒い靄の操り人形のような格好で、がくんと首を垂れている。

「人間を害するはぐれ悪魔は、間違いなく駆除されます。これ以上人間に危害を加えないと約束するなら、今はまだ見て見ぬふりができますから。早く」

なにかを考えるようにぞわぞわとかたちを変えながら蠢《うごめ》いていた靄は、ややあって、

《……同ジ》

とつぶやくように空気を震わせた。それを聞いた氷川が、いっそう険しい顔をする。

(同じ……？)

《オマエノ後ロニイルノ、オレト、同ジ。ソッチ、消サレナイ、オレ、消サレル。ナゼ》

「えっ……？」

同じというのは、いったいどういう意味だろう。

氷川の後ろにいる者は、友也とのぞみしかいない。のぞみは今、まさにはぐれ悪魔が手にかけようとしていたのだから、はぐれ悪魔ではないはずだ。ということは——。

「僕……？」

まばたいた瞬間、ぐわりと大きく視界が揺れた。

「……！」

「友也くん……！」

氷川の声が聞こえる。

胸が痛い。心臓が絞られるようだ。

暗転した目の前を、スライドのようにいくつもの風景が横切っていく。もしかすると、走馬灯というやつだろうか。

(あれ、僕、死ぬのかな……)

案外静かな気持ちで思ったところで、耳の奥になにかが届く。

聞いたことのある音だった。

ああ、これは――。

蟬《せみ》の声だ。

*

夕方になっても、蟬時雨《しぐれ》の勢いは衰えなかった。

ひと気のない道を、友也はランドセルを背負ったままのろのろと歩く。

屋根の上に十字架を掲げた教会脇の小道だった。うつむいていた顔を上げると、白壁に素朴な赤い屋根の教会は、飾り窓にも白い十字架が見えた。この街に越してきたとき、姉の綾子《あやこ》が「可愛いでしょう」と、なぜか自慢げに言っていた。

小学校の終業式が終わったのは昼前だ。かれこれ何時間も歩き続けていることになる。

（お腹すいた……）

タイミングをはかったように、ぐうぅ、と大きな音で腹が鳴った。考えてみれば、昼食も食べていないのだ。今日は、綾子がいつもより早く仕事を切り上げて帰ると言っていた。そろそろ限界か、と思った友也は、重い足を自宅の方面に向ける。

「ただいま……」

安アパートのドアをこわごわ開けると、部屋の中からはカレーのにおいが漂ってきた。

「あっ、友也！　どこで道草くってたの！」

ぱたぱたと走るスリッパの音が聞こえてくる。キッチンからひょいと姿を現したのは、エプロンをかけた綾子だった。両手を腰に当て、ちょっと怒ったように顔をしかめて、唇を曲げている。

「どうせ通知表見せたくなくて、ぐずぐずしてたんでしょ」

「……うん……」

「もー……五年生にもなって、潔くないよ！」

ぐりぐりと頭を小突かれ、「ごめんなさい」と謝ると、綾子はふっと笑ってその場にしゃがんだ。友也と視線の高さを合わせ、にいっと口を横に引っ張って見せる。

「通知表はあとでいいから、先にカレー食べよ。手、洗っておいで」

「……うん」

ぽんぽんと友也の頭を撫でて笑う綾子は、弟である友也から見ても、やさしく、綺麗な人だった。

ランドセルを部屋の隅に放り、狭い洗面所に入って手を洗う。

まだ小学校にも上がらないうちに両親を事故で亡くした友也は、幼いころは施設で暮らしていた。十も年の離れた綾子は、そのころから誰にでもやさしく、頼もしい姉だった。

この部屋は、高校を卒業したあと職を得た綾子が、「きょうだいで一緒に暮らそう」と借りたアパートの一室だ。

三年前、一緒に住みはじめたころは、大好きな姉をひとりじめできることが嬉しかった。けれど、すでに友也も小学五年生になっているのだ。自分の生活費は、すべて綾子が稼いできてくれていることに気がつかないほど、能天気ではいられなかった。

「なんだ、思ったほど悪くないじゃない」

夕飯のカレーを平らげ、ヨーグルトのデザートが出たところで渡した通知表を見て、綾子は拍子抜けしたような声を上げた。

「そうかなあ……」

ヨーグルトのスプーンを咥《くわ》えたまま、友也はいたたまれなくなってうつむいた。

きょうだいふたりで暮らせるのは、本当に幸せなことだ。施設で育った友達の中で、こんな幸福を手に入れられた子はめったにいない。

だからこそ、友也は不安に思っていた。

（お姉ちゃん……僕を引き取ったこと、後悔してないかな）

友也は決して、成績がいいほうではない。それなら運動ができるかというと、こちらのほうもからきしだ。歌や絵などもうまくないし、のんびりした性格だからか、気の利いたことを言ってクラスメイトを笑わせるようなこともできない。

一方で綾子は、どこを取っても完璧な人だった。

ぱっちりした目に、かたちのいい赤い唇、黒く豊かな長い髪は、街を歩けばすれ違う人が振り返って見るほどにうつくしい。

そればかりか、高校時代は、近隣でトップクラスの学校に特待生として通っていた。

もちろん勉強だけでなく、運動をやらせても、音楽や美術をやらせても、表彰ものの成績を挙げた。中でも得意だった英語のスピーチは、全国大会にまで出場したのだ。新聞に載ったコメントで、「将来は英語を使う仕事がしたい」と語っていたのを、友也も誇らしく読んだ。

それだけに、彼女が大学には行かないと決めたとき、周囲の驚きは相当なものだったそうだ。就職し、弟を引き取って暮らしますと言ってくれた姉には、感謝しかない。

面倒見のいい綾子は、本当によく自分の世話を焼いてくれた。

しかしそれゆえ、不安は募った。

姉は、こんなみそっかすの弟を引き取ったことを、後悔してはいないだろうか。綾子だって、大学に行ったり、恋をしたり、やりたいことがあったのではないか。

ぼんやりとそんなことを考えていると、突然ぐしゃぐしゃと髪の毛をかき回された。

「わ、わっ」

「なにぼーっとしてんの。ほら、通知表。見せてくれてありがと」

見上げると、綾子がにこにこと通知表を差し出していた。

「お……怒らないの……？」

「なんで？　怒るとこないよ？」

「嘘。だって、ほら……」

友也はテーブルの上に通知表を広げ、あらためてくらりとした。教科の成績の欄には、見事に1の数字が並び、かろうじてひとつだけ2があるといったありさまだ。

「いいんだって、そんなところは」

綾子はやさしい声音でいうと、指先でとんとん、と通知表の別の欄を指した。

「ここ、見てごらん。先生が書いてくれた、生活態度のところ……『お花係として、毎日花瓶の水をきちんと替えてくれました。友也くんのおかげで、クラスのみんなが綺麗なお花を長く楽しむことができました』。最高じゃない」

満足げににっこりと笑い、綾子は友也の顔をのぞき込んだ。

「あのね、友也」

「な、なに……？」

「お姉ちゃんはね、勉強なんて最終的にはできなくてもいいと思ってる。でもね、人を傷つけたり、貶《おとし》めたりするような、悪いことだけは絶対にしちゃだめよ」

「……うん」

「よし。お姉ちゃんと、約束ね」

明るい笑顔で頭を撫でてくれる姉のことを、友也は本当に愛していた。

早く大きくなって、お姉ちゃんを少しでも楽にしてあげたい。

いつか、引き取ってくれた恩を返したい。

きょうだいふたりで、慎ましく身を寄せ合って生きてきたのだ。悪いことだけは絶対にしない、と指切りをしながら、そんなささやかな願いくらいは、いつか叶えられると信じていた。


その日、友也は高校で就職先内定の知らせを受け取り、喜び勇んで家路をたどった。

就職が決まったのは、街にある小さなパン屋だ。

綾子の大好きな店だった。その店のパンを食べると、姉はとてもいい顔で笑う。友也は、そんな姉を見るのが好きだった。店長である親父さんも、ほかに身寄りのないきょうだいを可愛がってくれ、働くならこんなところがいいと憧れていた場所だった。

だからきっと、あのパン屋に就職が決まったと告げたなら、綾子は飛び上がって喜んでくれるだろうと思ったのだ。

十二月の、ひどく寒い夜だった。

友也が高校に上がってから残業を増やしたという綾子は、その日も遅くなると言っていた。

けれど友也は、一刻も早く綾子に内定を報告したくて、制服のブレザーを着替えることもせず、アパートの前で姉の帰りを待ち構えていた。

見上げると、東の空にペテルギウスが輝いていた。

『ねえ友也、見てごらん。あの大きな星が、ペテルギウス』

あれは、この街に越してきたばかりのころだ。

真冬の夜だというのに部屋の窓を開け放し、夜空を指して語る姉の声を思い出す。

『そこから東に行ったところにある大きな星が、プロキオンっていうの。その隣の小さい星と合わせて、こいぬ座っていうんだよ。ふたつだけでも、星が集まれば星座になるの。なんだか、私たちみたいだねぇ……』

冬の夜は寒くても、隣にいる姉の体温はあたたかかった。

八年前、友也を引き取ってくれた綾子は、家族のかたちを作ってくれた。その姉に、これからはやっと恩返しができる。綾子にも、自分の人生を楽しんでもらうのだ。

「──友也!」

声が聞こえてそちらを向くと、アパートの前の道の向こうに、仕事帰りの綾子が見えた。

「姉ちゃん!」

手を振って応えたそのとき、比較的近くで、車がブレーキを踏む音が大きく聞こえた。

カーアクション映画で聞くような、派手な音だ。小さな街ではめったに聞くことのないその音に、友也はちょっと首をかしげた。

(珍しいな)

おおかた、道に飛び出した子猫を避《よ》けようとしたとか、そんなところだろう。なにしろ事故や事件ごととは無縁な、おだやかで平和な街なのだ。

そんなふうに考えて、綾子を迎えようとしたところ——。

ものすごい速さで視界に車が突っ込んできて、姉の身体が宙を舞った。

友也はただ、目を見開いた。

綾子を跳ね飛ばした車はそのまま電柱に衝突し、数回道路の上を回転して動かなくなった。衝撃音に驚いたのだろう、近隣の住人たちが、なにごとかと窓から顔を出している。

「……姉ちゃん?」

姉は、アスファルトの路面から起き上がらなかった。

力の入らない足をようやく動かし、倒れている姉のそばまで近寄ってみる。家から出てきた近所のおじさんが、「おい、救急車だ!」と怒鳴るように声を上げている。

救急車? 友也は、ぼうっとした頭で考えた。

綾子は、どこも怪我をしていないように見える。うつぶせに倒れているだけで、後頭部も背中も綺麗なものだ。ちょっと肩を叩いてやれば、「またやっちゃった」と舌を出しながら起き上がるに違いない。ふだんは完璧な綾子だけれど、ときどきなんでもない段差で転んでいることを、友也だけは知っている。

しょうがないなあ、と友也は、微笑ましいような気持ちになった。

これからは、こうやって自分が姉を助けたり、かばったりすることがあるかもしれない。友也だって、もう守られるばかりの子どもではないのだ。これからは、しっかりと綾子を支えていける。

「ねえ、なにやってるの。早く帰ろうよ、姉ちゃ――」

びしゃっ、と革靴の足先が、水たまりのようなものに突っ込んだ。路面によくよく目をこらすと、その水たまりは、綾子の身体の下に続いている。

水たまりの面積は、だんだんと大きくなっていった。

友也は、手のひらで革靴のつま先を撫でてみた。

街灯の明かりに照らして見た自分の手のひらは、赤い血に染まっていた。


「嘘だ……」

放心する友也の隣で、長くきょうだいがお世話になった施設の先生が、膝を折って泣き崩れた。

「嘘だよね、姉ちゃん……」

目の前に横たわる綾子の顔には、白い布がかけられていた。

こんなものが顔にかかっていては息苦しいだろうと布を取ると、蠟《ろう》人形のように青白い顔が現れる。明らかに生きているものではないその色を見て、目の前がかっと赤く染まった。

「なに寝てんの、ねえ、姉ちゃん」

肩を揺さぶろうとして、そのつめたさにおののいた。

事実を受け入ることができず、友也は強張《こわば》った姉の肩を摑んで、より声を大きくする。

「姉ちゃんってば！　まだ報告、聞いてないでしょ!?　僕、卒業後の職場決まったんだよ。姉ちゃんが好きだって言ってたパン屋さんだよ、春からは、姉ちゃんの好きなパンいっぱい焼いてあげられるんだよ。チョコのがいい？　芥子《けし》の実載っけたあんぱん？　りんごが入ったやつ？」

揺さぶっても、姉は目を覚まそうとしなかった。

友也はかまわず、まくし立てるように言葉を継ぐ。

「僕が考えたパンでも、おいしかったらお店に並べていいって店長が言ってくれたんだ。ねえ、姉ちゃん、どんなのがいい？　聞いてるの？　起きて、僕の話ちゃんと聞いてよ！」

「友也、やめなさい……！」

きょうだいを可愛がってくれていた母親がわりの先生が、制服のブレザーの袖にすがりついた。高校に入学したとき、よく似合うと綾子が褒めてくれた制服だった。

「だって……姉ちゃん、起きてくれないから……！」

視界が揺れたかと思うと、ぼろり、と雫《しずく》になって頰に落ちる。泣くな、と友也は自分を叱った。泣けば現実になってしまう。——姉が亡くなったという、目の前の事実が。

だがしかし、わっと涙があふれ出してしまうと、気持ちまで決壊したようだった。

ふらふらとベッドサイドに膝をつくと、つめたい姉の手を取った。

いつでもやさしく、友也の頭を撫でてくれた綾子の手。もうその手に、ぬくもりは残っていなかった。姉のあたたかい魂は、もうこの世から去ってしまったのだ。

「姉ちゃん……ねえ、起きてよう……っ」

悲鳴じみた泣き声に、先生の泣き声が重なった。

窓の外から、救急車のサイレンが聞こえてくる。友也の胸のうちは、赤い回転灯が回る新月の夜よりも、さらに深い闇のようだった。


綾子の葬儀は、施設の先生や学校の先生たちの手を借りて、なんとか滞りなく済んだ。

生前の姉は、母親がわりの先生に、友也のことを「まずは高校を立派に卒業させるのが目標だ」と話していたらしい。それを聞いてしまうと、そんな気力はかけらも残っていなかったけれど、高校の卒業式にだけは行ったほうがいいような気分になった。そんなわけで、まさに今日、抜け殻のような身体をなんとか引きずり、卒業式に出席してきたところだ。

帰り道、制服のまま大きな橋の欄干にもたれて、これからどうしよう、と考える。

就職先のパン屋の店主は、ご近所のよしみもあって、「働きはじめるのは気持ちが落ち着いてからでいい」と言ってくれている。

だが、いつまでもその言葉に甘えているわけにはいかなかった。未来のことを考えなくてはいけないのに、気がつくと頭の中でなぞっているのは、姉を亡くした事故のことばかりだ。

あの日、なにが起こったのかを理解したのは、警察に詳しい話を聞いてからだった。

姉の命を奪った暴走車を運転していたのは、都内に住む会社員だった。奇跡的に手術が成功し、一命を取り留めた彼は、事故当日の行動について、「魔が差した」と言っているらしい。

警察からそれを聞いたとき、友也は足元にぽっかりと暗い穴が空いたような気分になった。

——魔が差した。

綾子はそんな、気まぐれみたいな理由で殺されたのか。

加害者の裁判はまだはじまっていないが、おそらく懲役刑に処せられるだろうということだ。スピード違反をした状態での事故なので、執行猶予なしの比較的重い責任ではあるらしい。

が、たったひとりの肉親を奪われた友也には、刑の軽重などどうでもよかった。

姉は死んでしまったというのに、加害者は生きている。法に命を奪われることもなく。友也にとっては、ただそれだけのことだ。

友也は欄干から身を乗り出して、流れていく川を眺めた。

これからどうしよう、と、もはや惰性で考える。

綾子は、年の離れた幼い弟を育てるために、自分のやりたいこともできずに逝《い》った。その償いもできないままに、友也だけがやりたいことをやろうという気にもなれない。

パン屋の主人の言葉はありがたいが、もうなにもかもに希望を失ってしまった。

眼下に流れる川を見ながら、もうこのまま、ここに身を投げてしまうおうか、と思いつく。

いや、正確に言うと、今思いついたことではなかった。ここのところ、ずっとそればかりを考えていた。加害者への怒りで沸騰しそうな身体を、どうすればいいのかわからない。未来に対する希望も持てない。そんな状態で、どうやって生きていけばいいのか。

ぼんやり川を眺めていると、視界にうっすらと黒い靄が立ち込めてきたことに気がついた。

身じろぎもできず呆《ほう》けていると、視界を漂うだけだった黒い靄が、だんだんと濃くなってくる。眠いような心地で見ていると、脳を直接引っかかれるような、耳障りな音がした。

《チカラ》

（……力……？）

友也の思考に答えるように、音は《チカラ》と繰り返した。

《殺ス、チカラ、アル》

「殺す……力？」

《ソウ。殺ス、チカラ、オマエニヤル》

漂うばかりだった靄はぶわりとかたちを変えて、友也のまわりを竜巻のように取り囲んだ。

暗雲のような靄は、すごい速度で濃さを増していく。それをなぜか平静に眺めながら、もしかしてこの靄は、自分にしか見えないものなのかもしれないと思う。背後の道路を走る車、そのドライバーたちは、ひとりもこちらに目を向けないからだ。

《殺ス、チカラ、オマエニヤル》

靄は、念を押すように繰り返す。

「殺す力、か……」

ぽかんとした気持ちのままで、友也は綾子が車に跳ねられたときのことを思い出した。

姉が瀕死《ひんし》の重体に陥ったあのとき——医師たちが懸命に治療してくれたにもかかわらず、助からなかった命だ。まして友也のような素人では、絶対に助けられなかったこともわかっている。

だが、考えてしまうことは止められなかった。

もし友也があの場で足をすくませることがなく、あと一分でも一秒でも早く救急車を呼んでいれば。

もし友也が言葉を失《な》くすこともなく、医師にもっと詳しく事故状況を説明できていれば。

もし友也が、あの場でなにか行動を起こせていたら。

自分にも力があれば、できたことがあるのではないか。

力さえあれば——法が裁いてくれない加害者に、復讐することもできるのでは？

黒い靄は、どんどん濃くなってくる。もうすでに、まわりの景色は見えなかった。渦の巻く速度に酔って、思考もおぼつかなくなってくる。

——あのね、友也。

耳の奥で、姉の声を聞いた気がした。友也の心を明るくする、やさしい笑顔と、手のぬくもり。

——人を傷つけたり、貶めたりするような、悪いことだけは絶対にしちゃだめよ。

復讐をするのなら、それは当然、人を傷つけることになる。悪いことだ。

——お姉ちゃんと、約束ね。

その笑顔を思うほどに、失ったものの大きさを思い知る。

悪いことをしてはいけないという良心、姉との約束。姉の無念はいかほどかと、加害者を呪う心。

それらが渾然《こんぜん》とせめぎ合い、黒い靄は回転の速度を上げる。胃液が喉元にこみ上げる。

気持ち悪い。気持チワルイ。キモチワルイ。

《キモチ……ワルイ……》

気がつけば、友也は黒い靄の中にいた。

高熱を出したときのように朦朧《もうろう》として、考えがうまくまとまらない。

《殺ス、力……》

そうだ、この黒い靄は、力を授けてくれるという。力さえあれば、友也から姉を、たったひとりの家族を奪ったあの車のドライバーに、自分の手で制裁を加えられる。

《殺ス……》

ぐわんと大きく視界が歪み、黒い靄の圧力が増した。

まぶたが重い。このまま眠ってしまいそうだ。眠ったほうがきっと楽だ、と目を閉じかけたとき、頭の隅で明滅する光のように、姉の笑顔を思い出す。

——お姉ちゃんと、約束ね。

悪いことは、僕にはできない。

（でも……そんな約束は、捨てなくちゃ……）

ほかならぬ、姉の弔い合戦だ。

つらいならいっそ、綾子との思い出なんて忘れたい。だってもう、綾子はいないのだ。

忘れよう、すべて。姉と過ごシた日々を——これマで、生きてきた日々を。僕は今日カラ、生まれ変わル。力を手ニ入れ、あの憎イ男を、

コノ手デ、絶対ニ殺シテヤル。

＊

「友也くん！」

——声が聞こえる。

「戻ってきなさい、友也くん！」

氷川の声だ、と認識した瞬間、パンと風船が弾けたように、まわりの景色が戻ってきた。

「あれ……」

「気がつきましたね」

声に安堵を滲ませる氷川は、まだ友也を背中にかばったまま、六畳間にとぐろを巻く黒い靄と睨み合っている。走馬灯のようなものを見ていたのは、ほんの一瞬だったようだ。

「もしかして、僕って……」

思い出したことを総合すると、その正体がわかってしまった。

ひとりごとのようなつぶやきに、氷川は「お察しのとおりですよ」とうなずく。

「すみません、こんな事態ですから、さきほどから君の心は読ませていただいています」

「心を、読む……？」

「あとでゆっくり、謝罪でもなんでもします。ですがひとまず、きみは悪魔じゃない。お姉さんを亡くした喪失感につけ込まれ、はぐれ悪魔に憑かれた人間です。半分悪魔にもなりかかっている状態ではありますが」

「半分、悪魔に……」

「羽と尻尾があるでしょう」

氷川は、健人をはぐれ悪魔から引き離すタイミングを狙っているのだろう。こちらを見ないまま、やや早口で説明した。

驚きはしたものの、そう言われると納得するしかない。

日曜学校で動悸がしたとき、その原因は古いロザリオではなかった。幼いきょうだいの姿を見て、自分と姉のことと、自分に憑いているはぐれ悪魔のことを思い出したのだ。ロザリオをあたたかいと感じたのは、友也の中に人間の部分が残っていたから。健人の背後に黒い靄を見たときも、この部屋で黒い靄に対峙したときも、自分の内のはぐれ悪魔が反応していた。

（どうりで、悪魔らしいことなんてできないはずだ……）

友也の身体と成績が、自分がどういう存在なのかを証明しているようなものだ。悪魔ではないから、悪魔らしいことはできない。けれど羽と尻尾はあるので、人間だともう言えない。その上、はぐれ悪魔に憑かれているのだ。

半分悪魔、という中途半端な氷川の言葉に、友也はぶるりと身を震わせた。

そんな半端な存在であることがわかれば、悪魔の組織からは追放されてしまうだろう。このままだと、どちらにしろ自分もはぐれ悪魔になってしまう。そんなのは嫌だ。ひとりぼっちで世界のはざまを漂うしかない、寂しいものになんてなりたくない。

しかし、ぎゅっと目を閉じたところで、今まさに自分と同じような状態になりかけている存在に気がついた。

腕の中にいる、小さな女の子。

その兄は、今――。

「健人くん……！」

「大丈夫ですよ。健人くんは強い」

昏の片端を吊り上げ、氷川は珍しく不敵な笑みを浮かべた。

「あの年齢の子にしては、ちょっと珍しいほどです。あんな強力なはぐれ悪魔に、まだ完全には取り込まれていない」

「氷川さん……っ」

はぐれ悪魔に取り憑かれようとしている兄だけでなく、兄が堕ちてしまえば、幼い妹までひとりになってしまう。

深夜の病室、姉とふたりで住んでいたアパートで味わった、絶望の深さを思い出す。

友也は、遺されたものの寂しさと苦悩を知っている。健人のためにも、のぞみのためにも、健人をはぐれ悪魔に取り込ませてしまってはいけない。

渦を巻きはじめた黒い靄が、圧力を増した。憑かれていないものをも薙《な》ぎ払う、不穏な力だ。

友也は、まだかばうように抱いていたのぞみの身体を抱き直した。

健人とのぞみを助けたいなどと考えていれば、自分の中の悪魔の部分は確実にすり減るだろう。悪魔でなくなってしまえば、更生のために、と言う氷川のそばにもいられなくなる。

しかし、のぞみも健人も、あのはぐれ悪魔に連れていかせるわけにはいかなかった。

——この子たちを、助けたい。

「氷川さん、お願いします……っ」

小さなのぞみをしっかりと抱きしめ、必死の思いで訴える。

「健人くんとのぞみちゃんを助けて、僕みたいにしないで……！」

叫んだ瞬間、ぱん、と耳元でクラッカーが鳴ったような、軽やかな音と衝撃を感じた。

「……？」

なにが起こったのかわからず目をぱちくりさせていると、氷川がわずかに身体をこちらに傾けるのが見えた。

整った顔の口元には、胸を打つほどおだやかな笑みが浮かんでいる。

「氷川さん……」

「友也くん――私を」

しっかりと芯の通った声で、氷川は言った。神々しいまでに、堂々と。

「私を、信じてくれますか？」

友也ははっとした。

――私のそばに、いてくださいね。

どこか寂しげな彼の声、抱きしめられたときのぬくもり。

「信じます！」

突き動かされるように、友也はそう口にしていた。

寂しい存在になりたくない。強くそう思うがゆえに、身近にいる大切なものをも、寂しい存在にす

るのは嫌だった。健人も、のぞみも、そして氷川もだ。

寂しいときは、そばに行って手を差し伸べたい。傷ついたときはたがいを癒し、疲れたときに帰る場所となる。たがいのぬくもりを感じながら、寄り添ってともに生きていきたい。

「ずっと、あなたのそばにいます……！」

ひたむきに求めると、氷川の瞳がやわらかな弧を描いた。

ありがとう、と彼の唇が動いた気がする。けれどそれも、定かではなかった。直後、氷川の身体が発する光が、洪水のようにあふれ出したからだ。

「……！」

閃光がふくれ上がる。真っ白に塗り潰される視界の中で、黒い靄がかき消えていく。

まぶしさに、目を開けていられなくなった。

――もう、大丈夫です。健人くんも、のぞみちゃんも、そして……きみも。

氷川の声が聞こえた気がして、全身からふうっと力が抜けていく。

よかった、健人ははぐれ悪魔にならずに済んだのだ。そう思うと同時に、意識もどこか遠く、懐かしい感じのするところへと、飛んでいってしまいそうになる。

力の抜けた全身を、なにものかが受け止めてくれた。氷川だろうと思ったが、それは明らかに人間の腕や胸よりも大きく、広く感じるもので――。

「……信じてくれてありがとう、友也くん」

意識の深くに直接響く声を聞きながら、友也は考える。

こんな力が使えるなんて、やはり氷川は、ただの神父とは思えない。

けれど、その正体がなんであったとしても。

（ああ、僕……氷川さんのことが、好きなんだ……）

信じた人の、そばにいたい。

その気持ちは、思った以上にじんわりと友也の胸をあたためた。

生まれたてのその感情に、赤ん坊のように身を委ね——。

しばらくのあいだ、友也は意識を手放すことにした。


目を覚ますと、木板を張った天井が見えた。

「あれ……」

見慣れた景色は、司祭館の二階にある自室のものだ。

ただ、いつもの目覚めと違うのは、今が朝ではないということだった。メインの照明を落とし、ベッドサイドの間接照明だけを点《つ》けた室内は、しんとおだやかな夜の中に沈んでいる。

「気がつきましたか」

声をかけられて目をやると、ベッドサイドに置かれた椅子には氷川が座っていた。

「氷川さん……」

目を数度しばたたき、自分の状況を思い出して息を呑む。

「健人くんと、のぞみちゃんは⁉」

「ふたりは無事です。今夜は念のため、病院で検査入院することになりました」

「そう、ですか……」

胸の底から息をつくと、氷川は「友也くんこそ、急に起き上がっては身体によくありませんよ」と起き上がろうとしていたこちらの肩を押した。

「もう少し、ゆっくりしていてください」

「平気です」

ベッドに身を起こしてみると、友也は健人たちのアパートを訪ねたときの服装のままだった。時計を見ても、まだ日づけが変わったばかりだ。長いこと眠っていたわけではないようだが、たっぷり睡眠を取ったあとのように、全身がすっきりと軽かった。

「すみません……僕のこと、ここまで運んできてくれたんですよね」

ありがとうございました、と頭を下げると、氷川はふっと息をつくように笑った。

「いえ、むしろ役得でしたよ。それよりも――きみがいてくれなければ、健人くんとのぞみちゃんを助けることはできなかった」

ぽん、と氷川の大きな手のひらが、友也の頭の上に乗る。

「ありがとう。きみが私を信じてくれたから、ふたりを救うことができました」

「いえ、そんな……」

そんな精神論みたいなもので、なんとかなることなのだろうか。そうは思えど、髪を撫でる手のひらはやさしくて、友也はついつい子犬のように氷川の手にすり寄ってしまった。

だが、しかし。

(きっと……氷川さん、僕が更生したと思ってるよね)

だからこそ、こうして労《ねぎら》いの言葉をかけて、頭を撫でてくれるのだ。

気持ちのいいご褒美を受け取りながら、胸の中には、これが最後だろうなという悲しみが広がっていく。友也には、もう氷川を堕落させることはできないだろう。自分の気持ちに、気がついてしまったからだ。愛おしい人を悪の道に誘惑するなんてことは、とてもではないができそうにない。

(恋をしちゃうと、悪魔でも人間でも同じなんだな……)

氷川のやさしいまなざしから、友也はたまらず目を逸らした。

彼のことが好きなのだと自覚した今、もう友也に、氷川を快楽に堕とすためだけのセックスはできなくなった。彼の前では、淫魔でいられなくなってしまったのだ。おまけに、友也は更生してしまったと思っているだろう氷川が、自分をそばに置いておく理由もない。

「――今まで、お世話になりました」

どうしてだか、こちらの心が読めると言っていた氷川だ。どういう理屈でそんなことになるのかは知らないが、もしかすると、友也があまりに単純だからわかってしまうというだけかもしれない。今だって、友也の考えくらいお見通しだろう。

悪魔でないなら、氷川のそばにはいられない。

出ていこう、とふたたび頭を下げて、ベッドを下りようとする。

ああ、でも、と上がけをめくった友也は、暗澹《あんたん》たる気持ちになった。この教会を出たところで、いったいどこへ行けばいいんだろう。

のろのろとベッドサイドに足を下ろすと、「待ってください」と氷川に手を握られた。

「氷川さん……？」

「少し――話をしましょう」

「話、ですか？」

「ええ。私が知っている、きみのことを」

友也の目をのぞき込む氷川は、いたって真剣な顔をしていた。

どうして氷川のようによくできた人が、友也なんかのことにこんなに一生懸命になってくれるのかわからない。だが、この手に触れるぬくもりから離れたくないと、ただそれだけの浅ましい気持ちから、話を聞いていこうかという気になった。

「少し思い出していたようですが、きみはもともと、この地域に住む人間でした」

友也の手を握ったまま、氷川は静かに語りはじめた。

「三年前、きみはお姉さんを亡くし、がらんどうの状態だった。想像していただけるとわかると思いますが、空っぽの容器には、別のものが入り込みやすいんです。おまけにきみは、その純粋でまっさらな気質ゆえに、あらゆるものに憑かれやすい――しかも染まりやすいときていますから、なにかに憑かれてしまった場合、簡単に暴走しかねなかった」

「はぁ……」

どうして他人が、ここまで友也の性質を把握しているのだろう。

氷川は続けた。

「ご存じのとおり、日本にいる天使や悪魔、その他もろもろの神々は、ゆるやかな紳士協定を結んでいます。普段は干渉し合わない方針ですが、きみのことに関しては、放っておいては被害が大きくなると踏んで対策を協議しました。きみを取り込もうとしたはぐれ悪魔は、能力を制限し――仮死状態にしたと考えてもらうのが近いでしょう、そのような処理を施し、悪さができないようにしていたんです。魂の容量さえ満たしていれば、新しいはぐれ悪魔に入り込まれる可能性は格段に減りますから」

ちなみにその処理をしたのが佐田所長です、とさらりと言われ、友也はぎょっと目を剝いた。

「えっ……所長、僕の事情をぜんぶ知ってたってことですか？」

「そうです。きみは、はぐれ悪魔に憑かれるまでの記憶も失くしているようでしたしね。きみの状態からすると、悪魔協会の預かりにするのが適当だろうということで、ほんの少し悪魔化するような処理もなさったようです。人間のままでは悪魔の組織に馴染めませんし、周囲の悪魔も訝《いぶか》しく思うでしょうから」

そういうところが優秀ですよね、佐田所長は、と敬服したように言う氷川を、友也は耐えきれず
「ちょっと待ってください」と遮った。

「たしかに、天使と悪魔の上層部がつながってるっていう話は聞いたことありますけど……氷川さんって、仮にも教会側の人ですよね？　悪魔を褒めるようなこと言ってていいんですか？　そんなことしてると、堕落しちゃうんじゃ……」

「かまいませんよ。そもそも私は、教会側のものではありませんし」

「えっ……神父様なのに？」

「ああ——なるほど」

氷川は、ぽんと手でも打ちそうな表情で言った。

「そういえば、まだ自己紹介をしていませんでしたね」

「……自己紹介？」

「ええ。私、このあたりの土地の地主神《じぬしのかみ》なんですよ」

「…………はい？」

友也は、思いっきり眉根を寄せた。だが氷川は、聞き取りにくかっただけだと思ったのか、「地神、この国の神様です」と言い直す。

「友也くんも、見たことがあるはずですよ。角のパン屋の向こうに、小さな古い社がある――」

「……ああ！」

友也の脳裏に、懐かしい風景が蘇った。

角のパン屋を通り過ぎたところには、細くささやかな参道があった。そこを奥へ奥へと進んでいくと、小さく古いお社が建っている。緑も多く、心落ち着く静かな場所で、姉の綾子ともよく散歩に行った場所だ。あの社は、地域の人たちに〝ひかわさま〟と呼ばれていた。

「氷川さんって……あの、〝ひかわさま〟!?」

「はい、そうです」

にこにことうなずくと、氷川は「懐かしいですね」と口元をゆるめた。

「きみは小さいころから、よくお姉さんとお参りに来てくれたでしょう。初詣や夏祭りはもちろん、友達と喧嘩《けんか》をしたときやテストの前、運動会に雨が降りますようにとか、給食のメニューをハンバーグにしてくださいと頼むとき……」

「や、やめてください……！」

あまりにも幼稚な記憶を掘り起こされて、赤面する。

氷川は愉快げに肩を揺らし、昔を思い出すように目を細めた。

「最近では、そんなふうに信じてくれる人もめっきり少なくなりましたけどね。我々の力の源は信仰です。信じてくれる人がいなければ、どんどん力は弱くなり、ついには忘れ去られてしまう。いくら神仏といっても、寂しいものです。——そんな中で、幼いきみが摘んできてくれる野の花が、どれだけ私の力になったか」

きゅっ、と握った手に力をこめられ、ふわりと頬が熱くなる。

「そ……そうだったんですね……」

「でも——だからこそ、心配だったんですよ。きみのお姉さんが亡くなったとき、このあたりにはたちの悪いはぐれ悪魔がうろついていた。けれどそのころ、私は信仰不足による弱体化が進んでいて、予防的な手段をなにひとつ打てなかったんです。案の定、きみの身体と魂を乗っ取られてしまいそうになって……」

だんだんとトーンが落ちていく氷川の声に、友也はなんともいえない気分になった。

友也がはぐれ悪魔に目をつけられたのは、決して氷川のせいではない、自分の心が弱っていたことが原因だ。そう言ってやりたいが、彼はそれでは納得しないだろう。

彼を少しでも楽にしてやりたい。けれど、どうしていいかわからない。相手が目の前で危機に瀕しているのに、なにもできなかった氷川の苦悩を、はからずも知る思いだった。

なにか、自分にできることはないだろうか。

そう考えていて、妙案が浮かんだ。

——幼いきみが摘んできてくれる野の花が、どれだけ私の力になったか。

そうだ、あなたを見ている人が、あなたに守られている人がここにいると、知らせるだけでも力になると氷川は言った。

（僕は今、氷川さんのおかげでここにいられるんだ）

握られていた手をつなぎ返すと、氷川はちょっと驚いたような顔をして、すぐに破顔した。

しっかりと友也の手を握り直し、氷川は続ける。

「なにもできない自分を、心底情けなく思いました。けれど、きみをそのままにしてはおけない。いちかばちかの勝負でしたが、ひとまず、はぐれ悪魔に乗っ取られかけていたきみを保護し、悪魔協会の日本組織に相談に行ったんです」

「悪魔協会の日本組織――そこで対応したのが、佐田所長だったってことですか」

「ええ。天使や悪魔のあいだでも、はぐれ悪魔のことが問題視されていた時期でした。佐田所長が素早く多方面に対応してくれたおかげで、きみという、人間と悪魔、はぐれ悪魔が入り混じったイレギュラーな存在は、天使と悪魔、土地の神々に認知され、見守られることになった。そして、それをきっかけに、天使と悪魔、神々の三者が手を取り合って、悪質なはぐれ悪魔撲滅のために動こうという体制が整ったんです」

「へぇ……それは、なんというか」

社会派のドラマみたいですね、と言いかけて、あまりに軽すぎるコメントだろうかと口をつぐむ。すると氷川が、「社会派のドラマみたいでしょう」と笑った。どうやら、神様に隠し事ができるとは思わないほうがよさそうだ。

「そんなわけで、きみのことは悪魔協会に保護してもらいながら、私は地域に迷い込んだはぐれ悪魔を牽制したり、できる範囲でこらしめたりということに注力していたのですが……なにしろ、この信仰離れですからね。なかなか力を蓄えることも、人心を救うこともできず、もどかしい悪循環に陥っていたんです。そんなとき、バチカンからの使者が、お茶を飲みに寄ってくれましてね」

――バチカンの使者と日本の神様が、お茶……？

怪訝な顔をしてしまったあとで、そうだ、どうせ考えていることは伝わっているのだと思い直す。

氷川も心得たもので、「まあそういうこともあります。彼らも仕事ですからね、営業所を回る本社社員みたいなものですよ」と解説した。

「その彼が、困っていると言うんです。この土地にある教会に転任するはずだった神父が、それこそはぐれ悪魔にやられてしまって、急遽《きゅうきょ》来られなくなったのだと」

「それもはぐれ悪魔ですか」

「はい。急なことだと、なかなか代役が見つからないらしくてね」

人事というのも大変なものですね、と氷川は、実感がこもっているんだかいないんだか、よくわからないことを言った。

「ですが、教会はこの地域の人々の拠りどころです。神父がいなくては、心寂しい思いをする人が出てくるでしょう。それではいけないというので、この土地をよく知る私が、神父不在のあいだの代理を引き受けることにしました。バチカンの力はその程度で弱まるものではありませんし、私は土地神との兼務でも、必要とされ、人心を救うことができれば、力を得ることができますからね」

「――それなら」

重大なことに思い当たって、友也はつい前のめりになった。

「まわりの人に信じてもらわなくちゃ、力を蓄えられないんですよね？　よけいに悪魔みたいなものといるべきじゃありませんよ。地域の人には、こんな事情があるなんてわからないんだし……」

話すうちに、やはり自分の存在は、氷川の――友也にとって大切な人の、重荷になっているのではないかという考えが確信に変わる。

「それに、氷川さんがはじめに目的にしてた僕の更生なら、もうじゅうぶんでしょう」

友也は、あたたかい彼の手をぎゅっと握った。

はぐれ悪魔に目をつけられた復讐心《ふくしゅうしん》は、愛する人たち――氷川をはじめ、のぞみや健人、自分のことを見守ってくれていたという佐田所長ら悪魔組織の仲間たちが、いつのまにか癒してくれていたようだ。綾子だって、弟がみずからを犠牲にして復讐を遂げることなど望まないだろう。今の友也になら、きちんとわかる。

失った家族は戻らないけれど、友也はもう、前向きに生きていける。

はぐれ悪魔につけ込まれる心の弱さは、克服したつもりだった。

「だから、もうひとりでも大丈夫です。……教会は、すぐにでも出ていきますね」

言葉にした瞬間、きりっと心臓が痛んだ。今まで胸に飼っていた、はぐれ悪魔が与える痛みではない。叶わない恋を知った痛みだ。

「教会を出て、どうするんですか。私の精液を持ち帰らなければ、組織も追放になるのでは?」

平静な声で、氷川は言った。

「それは……なんとか、できることをやってみます」

自分にはできないと、諦めてしまうのは簡単だ。でも氷川は、自分の力が弱まっているときでも機転を利かせ、友也の魂を救ってくれた。

それを受け、友也も自分で考える。

(僕も、佐田所長に、淫魔らしい仕事以外でなにか組織に貢献できないか、相談してみたらどうだろう。そうすれば、案外書類仕事なんかを回してもらえるかも)

できないからといって、逃げていても仕方がない。

これからは、自分にできること、自分にしかできないことを探すのだ。

「――そうですね、私もそれに賛成です。前向きになれるのは素晴らしいことだ」

「……?」

突然、微笑みながら同意を述べてきた氷川に、友也は目をしばたたく。

いったいなにに対しての「そうですね」だったのか。首をかしげたところで、そういえば、と思い当たった。氷川には、こちらの胸のうちが筒抜けなのだ。

「い、今のは……っ、ち、違うんです……っ!」

急いで思考を巻き戻して再生し、友也は指の先まで真っ赤になった。うっかりしていて、愛する人だの、叶わぬ恋だの、告白したも同然なことを考えていた。

「違わないでしょう？　私の前で、嘘はつけませんよ」

氷川は、とろけそうに甘く笑うと、椅子からベッドの端に座り直し、友也の腰を抱き寄せた。

「私はね、友也くん。教会には——私のそばには、きみこそがいてくれなくてはと思うんですよ」

「ど、どうしてっ……」

「きみがいてくれなければ、人を愛することの素晴らしさを、人々に伝えられないじゃないですか」

「そんなこと……ん、ッ……！」

気がつけば、唇をやわらかいもので塞がれていた。

甘やかに重なったあと、ちゅっ、と小さく音を立てて離れていくぬくもりは——氷川の、唇だ。

「な、なにす、……！」

「それに、更生という意味ではまだまだですよ。きみは、いつだって可愛らしく私を誘惑して夢中にさせる、悪い子だ。そばにいてもらう理由にするなら、それでじゅうぶんでしょう？」

「えっ……」

氷川は、くちづけたばかりの友也の唇に、軽く人差し指の腹を当てる。

「きみのことが好きです、友也くん」

「氷川さん……」

「離れていってほしくない。——私の、そばにいてください」

愛する人を求める気持ちが、友也を抱きしめている腕から、ふたたび重なった唇から、信実に流れ込んできた。そのくちづけと抱擁に応えつつ、こういうときに限っては、心を読まれているのも便利かもしれないなと友也は思う。

唇が甘いキスで塞がっていても、両腕が相手を抱きしめるのに忙しくても、あなたのことが好きです、そばにいますと、大切な人にちゃんと伝えることができるから。


そっと肩を押されてシーツの上に横たわると、ベッドがふたりぶんの重みに軋《きし》み、それだけで胸が痛いほどに高鳴った。どうしよう、と友也は怖くなる。こんなに胸がいっぱいで、触れられたならあふれ出してしまいそうだ。

「あふれませんよ」

友也の心を読んだのだろう、氷川がくすりと綺麗に笑った。

「いや——あふれても、いいですよ。存分にあふれさせてください」

ちゅっ、ちゅっと額から鼻の先、頰、唇にキスを落としながら、氷川が言う。

「ん……っ、ど、して……」

「あふれるということは、友也くんの中が愛おしさでいっぱいになっているということでしょう？　だったら、いつだってあふれるくらい、きみを愛で満たしておきたい。私がどれだけでも注ぎ足しますから、安心してあふれさせて、まわりにお裾分けしましょう」

「ン……っ、……」

耳の裏をやさしく舐められ、耳殻に甘く歯を立てられる。鼓膜に吐息を注がれると、腹の底がむずむずと重く、友也は知らず太腿を擦り合わせていた。

「ああ——誘うのが上手だな、きみは」

「さ……誘ってなんか……！」

「そうですか、誘っているつもりはないんですね。……『こんなの知らない』、ですか。これが本心なんだから、ひどい小悪魔だ」

「や……読まな、で……ッ、んんっ……」

抱きしめられ、ちゅうっ、と唇をついばまれ、色めいた息をこぼしてしまう。

友也の唾液に濡れた唇を拭い、氷川は「すみません」と言った。

「明日からは、決して心の中を読むようなことはしません。あまり気持ちのいいことではないだろうなというのは、わかっているんです。でも、今日だけは」

——……きみのことを、すべて知りたくて。

耳元に、掠れる吐息とともに落ちたささやきは、思いのほか切羽詰まった響きだった。

「そう——私もね、余裕がないんです」

たがいの着ているものを剝ぎ取りながら、氷川は苦笑いをする。

「可愛い伴侶を、傷つけたくも、怖がらせたくもない。たっぷりと愛を感じてほしいし、気持ちよくなってほしい。だから、きみのことはすべて知りたいんです。痛くないか、苦しくないか——どこが好きか、どんなふうに感じているのか。私の愛を、感じてくれているかどうか」

「愛、って……」

直球すぎる物言いに、不覚にも心臓がきゅんと音を立てた。うわぁ、と友也は目を見開く。恋に落ちると、本当に胸がきゅんとする。今、自分の身体で思い知った。

氷川はふっと目を細めると、愛おしくてたまらないというふうに、もう一度、友也の唇にていねいなキスをくれた。

「だから今夜だけ、許してくださいね」

「いえ……こ、今夜だけじゃなくても……氷川さんなら、別に……」

友也だって、仮にも三年間は悪魔として過ごしてきたし、いまだ何割かは悪魔なのだ。天の邪鬼《あまじゃく》なことを言うのは仕事のようなものだったし、そのせいで、愛する人とのすれ違いが起こることだけは避けたい。

「わかりました。では、適宜」

氷川がくつくつと笑うと、隔てるものなく抱き寄せられた友也の身体も、ゆらゆらと揺れる。肌と肌とで会話しているようなその感じが愛おしく、友也は氷川の首筋に腕を回した。

「ん、っ……」

裸の肌を重ね合わせながら、与えられるキスに酔いしれる。小鳥のように唇をついばまれているうちに、友也の胸を、氷川の手のひらがするりと撫でた。

平らな胸をゆっくりとさすり、尖りはじめた乳首を愛おしむように転がす。凝るところを往復するように刺激されると、腰の後ろに、じんわりとした熱が伝播《でんぱ》する。

「あ、……っ、……」

「ここが、好きですか？　ふっくらふくれて、可愛らしいことになっていますが」

「ん、ッ、あ」

「好きなんですね、腰が揺れている。——ではもう少し、ここを可愛がらせてくださいね」

「……ッ、あ——！」

氷川が身体をずらしたかと思うと、ぽってりと腫れた乳首が、ぬるりとあたたかいところに含み込まれた。甘く歯を立て、きゅっと強めに吸い上げられると、腰に響く快感が強くなる。

「あ——ア、っ、それ、や」

「嫌、ではありませんよね。ここも、反応してくれていますし」

氷川がそっと手を伸ばした下肢の中心は、すでにしっかりと勃ち上がっていた。痛いくらいに張り詰めたところを手のひらで包まれ、ゆっくりと上下にさすられる。

「あ……だめ、今日、そこ……」

「いつもと、感じかたが違いますか？　そうですね、少し先走りが多いようだ。聞こえますか？　たっぷり垂らして、私を誘っている」

「ん、んぅッ――」

あふれる快液を巻き込んで、氷川の手のひらは淫らな水音を立てていた。

はしたないその音に、耳を塞いでしまいたくなる。

恥じらいも限界で耳元に手をやると、氷川にそれを阻止されてしまった。どころか、「聞いて」と腰に響く吐息を耳たぶに落とされる。

速度を増して擦られると、水音はいっそう激しくなった。

「あ――あぁっ……！」

どうにかなってしまいそうな快感に、敏感なところがまた粘性の高い蜜を吐き出す。手のひらは、それを幹へ、嵩《かさ》高いところへと、塗り伸ばすように刺激する。

脚のあわいは、すでに漏らしてしまったのかと思うほどに濡れていた。

強い刺激に朦朧としかけていると、唇にキスを落とされる。それから氷川は、ベッドの下方へと身体をずらしていった。なに、と思った瞬間には、屹立《きつりつ》を口腔の粘膜に含み込まれている。

「だ……だめ、だめっ、それ……ッ、は、あぁっ」

「いいんですね？　可愛いですよ、ここがひくひくしている」

「ん、だめ、だって、ッ、あ、ああっ……」

猥《みだ》りがわしい水音を立てながら、氷川の唇が上下する。

吸い上げるようにして刺激されると、排泄《はいせつ》感に似た危うい刺激がぞくぞくと背筋を駆け上がる。味わったことのない愉悦に、腰が浮いた。

「あ――も、ほんと、に……ッ、で、出ちゃ、っ、出ちゃうからっ」

「ええ、いいですよ、おいで」

「くち、はなして……っ、あ……っ、あ、ああ――……ッ……！」

我慢しきれず、ばさりと羽を広げてしまうと同時に、氷川の口の中に噴き上げる。

どくん、どくんと、腰を押し上げるような奔流を、力強く飲み干される。

引きずり出されるような快感に、生理的な涙があふれた。身体の輪郭が融《と》け崩れそうな愉悦を、友也は震えながら味わった。

「――上手に達けましたね。綺麗でしたよ」

あまりの快感にしゃくり上げる友也の身体を、氷川はやさしく抱きとめてくれた。

ちゅっ、とご褒美のようなキスを額に受けていると、脚のあわいに、するりと指先が忍んでくる。

「ん、っ……」

「一回達したからでしょうか。ここも……たっぷり潤っていますね」

「や、言わな、……」

「嬉しいんですよ。許してください」

指先は、ぐっしょりと濡れている蕾をゆっくりとさすった。ぬめりをまとう指先が、入るか入らないかの絶妙な力で入り口の上を行き来する。

「あ……っん、や……、いじわる、しな……いで、っ」

「すみません。可愛くて、つい」

「や――ん、あぁっ……」

くぷん、と指先が入り込んでくると、目の前にちかちかと星が舞った。

「いじらしいですね。私を、奥へ誘い込もうと動いていますよ」

「んッ……あ、あっ」

ぬかるむところを指先で探りながら、慎重に押し進まれる。内側を暴かれ、あやされるのは、外側への刺激とはまた違う、鮮明な快感をもたらした。

「や……ん、今日、なんだ、か……、ぅ、あっ、……変……ッ」

侵入の深度が増してくると、だんだん怖くなってきた。

発言を取り繕うような余裕はすでになく、感じたままの言葉がこぼれていく。

「変、ですか？　怖い？」

「ん、っ……、きもち、よすぎて、こわ……いっ」

「――、ッ……」

くぽっ、と後孔から指先が抜かれ、甘い責め苦も終わりかと息をつく。

と、次にその指が入ってきた瞬間、友也は息を引きつらせた。指の嵩が、ひと回り増えている。たっぷりと蜜をまとわせた指を、二本まとめて挿《い》れられたのだ。

「あ……う、ん、ンっ……」

「まったく……きみは私を、いったいどうしてしまいたいんでしょうね」

責めるような声音は、指先の動きと連動していた。

太いものを呑み込まされた状態で、ゆっくりと抜き挿しがはじまる。だが、ぐじゅぐじゅとあふれる蜜のせいだろうか、まるで痛みは感じなかった。

「あ、ぁ……ッ、う、あぁっ」

「健気なものですね。抜こうとすれば絡みつき、入り込めば奥へと誘う――本当に、素直すぎて不安になるほどですよ」

「あ、あぁっ――……！」

ぐん、と奥を穿《うが》たれると、深い快感に全身がわなないた。突かれるたびに、今にも弾けてしまいそうな身体が、あと一歩の刺激をねだって咽《むせ》ぶ。

「も……、う、あぁっ、なに、これ……っ、おく、っ、……、ッ……！」

訴えた声は、完全に涙声だった。

強すぎる愉悦を逃そうと、友也は必死で身をよじる。そのうなじにくちづけながら、指先の動きはゆるめず、氷川は低めた声で訊いた。

「奥に、欲しいですか？」

「わ、わかん、な……ッ、ね、たすけ……てっ、ひかわ、さ……氷川、さんっ……」

浅く、熱を持った息が苦しい。

助けを求め、涙の膜越しに見上げると、氷川はぐっと艶やかに眉をひそめた。

「きみは、本当に――」

「……ッ、あ」

「素直で、ひたむきで、うつくしくて――私を惑わせる小悪魔だ」

「んンっ……！」

ずるり、と指を抜かれると、息も整わないうちに、熱いものを入り口にあてがわれた。指とは決定的に違う質量、そして熱――漲《みなぎ》る欲を、与えられようとしている。

氷川は、向かい合うこちらの上にかがみ込むようにして、友也の頬を手のひらで包んだ。大切なものを手にしているように、そうっと親指の腹で頰を撫でる。

「――きみは、私に『悪魔といるべきではない』と言いますが」

澄んだ湖面のような氷川の瞳に、友也の姿が映っている。劣情に目を潤ませ、背中に黒い羽を背負って、自在に動く尻尾を持ち、心持ち尖った歯をのぞかせる――紛れもない、淫魔の姿だ。

「……そう思います、けど……」

「ですがもう、そんな心配をする必要はないんです。きみの魂は、健人くんとのぞみちゃんを救おうとしたとき、はぐれ悪魔にも悪魔的なものにも打ち勝っていますから」

「えっ……？」

「きみの魂は、すっかり浄化されているんですよ」

友也は、数時間前、はぐれ悪魔と対峙したときのことを思い出す。

健人とのぞみを救いたいと強く願ったあのとき――耳元で、クラッカーのような破裂音がした。あれで、魂が浄化されたというのだろうか。

なかばぽかんとしていると、氷川は「おそらく佐田所長は、きみの意思次第で悪魔化を解けるような処置を施されていたんでしょう」と、友也の頬を撫でながら続けた。

「きみの悪魔化は、きみ自身が望んだものではありませんでしたし――あの人はやはり、そういうところが行き届いていていて、優秀ですね」

「そういうものなんですか……？」

「そういうものです」

氷川は悔しがるように苦笑すると、「友也くん」と慈しみに満ちた声で呼びかけてきた。

「今言ったように、きみはもう、本当なら悪魔として生きなくてもいい存在です。ですから、私の精を受けなくても、はぐれ悪魔になることはない。望むなら、ふつうの人間として生きていくこともできるんです。それでも……私のそばに、いてくれますか？」

――友也は、目の前の男にはじめて抱きしめられた日のことを思い返していた。

友也を逃さないように、すがりつくように抱きしめて、今と同じようなことを言っていた。――私のそばに、いてくださいね。

「……そばに、います」

友也は、向かい合う頬に手を伸ばした。

自分だからできること、自分にしかできないこと。それは、この寂しがりな存在を、心から信じ、愛し抜いて、ずっとそばにいることだ。

「約束します。ずっと、あなたのことを信じて……ずっと、あなたのそばにいます」

「――友也くん」

「だから、あなたを、ぜんぶください」

腕を伸ばして求めると、氷川は軽く目を見張ったのち、花がほころぶようにうつくしく笑った。

「――ありがとう」

胸が淡く痺れるような、切ない声音で氷川は言った。ああ、僕だって、氷川さんを救うことができるんじゃないかと、友也の胸もいっぱいになる。

「友也くん――好きです」

「僕も……」

万物に引力があるように、自然とふたりの唇が近づいた。

たがいの想いを唇で知らせ合い、絆《きずな》のように深く舌を絡ませる。

そうされているうちに、膝の内側に手をかけられ、ぐっと左右に押し広げられた。あらためて入り口に触れた切っ先は、友也を求めて猛《たけ》っている。

「いいですか」

「——はい……」

うなずくと、愛おしい重みがのしかかってきた。

後孔に触れていた熱が、友也の中へと分け入ってくる。

「……ッ、う……」

「——友也くん、息を」

「あ……は、あぁっ……」

「そうです。——上手ですよ」

かすかな痛みを、圧倒的な存在感が押し流していく。

氷川が、自分の中に入ってくる。それを実感しているのだと思うと、ひくひくと痙攣するように下腹部がわななき、たまらなくなった。彼が自分を求める熱を、身体の中で受け取っている。

「……っ、あ、ぁッ……」

内腿の肌が触れ合うほどに密着すると、ようやく氷川は進攻を止めた。

「全部、入りましたよ」

「ぜ……ぜん、ぶ？」

「はい。全部、きみの中です――あたたかいな、きみの中は……」

甘えるように鼻先を触れ合わせ、氷川は艶っぽいため息をついた。それを聞いた友也は、なんだか泣きたいみたいに満たされて、目の前の首筋にかきついた。

「氷川さんっ……」

「はい？　どうしましたか、友也くん」

「お、奥に……」

言葉にすると、きゅうっと氷川を抱いている内側が蠢く。くっと息を詰めた氷川が、ぐんと体積を増すのを感じる。

「奥に……ください、氷川さんの、精液……」

「――でも、それは」

珍しく動揺したような声を出す氷川の頭を、黙らせるように抱き込んだ。どうせこれが友也の本心だということは、氷川には隠しようがないのだ。

「僕も、欲しいんです。新しい、家族……」

――氷川と育む、新しい家族が欲しい。

「友也くん……」

おそるおそるのぞき込んだ氷川の顔は、まるで泣き出す寸前のような、情けない顔をしていた。こ

んなのが神様だなんて、とてもじゃないけれど思えない。

だからこそ、人でなくても、神様でも、たとえその正体がなんであっても。

友也は、氷川が好きだ。氷川も、友也のことを好きでいてくれる。そのことを——愛することを、信じられる。

「ありがとう。——好きです、友也くん」

夏に降る雨のように、あたたかなキスが落ちる。そのひとつひとつに夢中で応えているうちに、氷川はかすかに腰を揺らしはじめた。

ゆったりとした氷川の動きは、どこまでも気遣わしげだった。愛おしげに髪を撫で、指先で耳をくすぐり、額に小さくくちづけながら、友也の中を探っている。

「ん……っ、……あ……」

浄化されたはずの身体には、まだ淫魔としての熾火《おきび》が残っているのではないかと思えた。

思いの丈を植えつけられるようなひと突きごとに、身体の奥にぽつり、ぽつりと情欲の炎が点る。炙《あぶ》られて溶け出した蜜は、つながるところへとあふれ出し、結合をよりなめらかに深くした。大きく広がる黒い翼が、官能の悦びに打ち震える。

それを見た氷川は、力の抜けた笑みをこぼした。

「きみが淫魔の姿のままでいるのは、きみ自身が望んでいるからなのかもしれませんね」

「……ッ、え……？」

「ほら――この羽も、尻尾も、素直でうつくしいですよ。精いっぱい、悦びを受け取っている」

氷川は、友也の膝裏に手を入れると、胸のほうへと押しつけた。

後孔が天を向く。そこに覆いかぶさるようにして腰を使いつつ、氷川はひくつく羽と尻尾を撫でて、愛おしげにくちづけを落とす。

「ひ……、あ、やっ……それ、ッ……」

「羽や尻尾は、触れられていると気持ちがいいですか？　中が締まりましたよ」

「ん……ッ、い、いいっ……、もっと、ッ……！」

「――っ、なるほど、私に可愛がられるために、この姿でいてくれるんですね。健気なものだ」

熱を増したように感じる腰を、いっそう強く打ち下ろされる。奥だと思っていたところの、さらに奥を暴かれる。情愛のこもる抽送は速度を上げて、ふくれ上がる快感を追いかけた。

「あ、あぁっ……氷川、さ……僕、もう……っ」

「――いいですよ。一緒に、達きましょうか」

「奥……ッ、おく、ちょうだい、ひかわ、さ、のっ……」

「ええ、もちろんです。たくさん受け取って、孕んでくださいね――」

「あ――だめ、っ……い、いく……イくっ、ひかわ、さ……あ、あぁッ――……！」

ぐん、と大きく背筋がしなると、視界が白くまたたいた。いっそう深く穿たれたところで、氷川の熱情が爆《は》ぜる。愛し合う証を、あふれそうなほど注がれる。

「……友也くん」

抱き寄せられた肌からも意識からも、直接氷川の声と感情が染み込んできた。

「私も、約束します。――ずっと、きみのそばにいます」

快感に浸された意識は、ミルク色の霧の中を漂っているようだった。明るくて、やわらかい。やさしくて、あたたかい。愛する人の腕の中は、こんなにも心地いい。

(好きだ……氷川さんのことが、好き……)

偽りのないひたむきな想いは、きっと彼にも伝わっているだろう。

友也は自分の両腕で、愛するものを強く、強く抱き返した。

4

「友也くん」

氷川が司祭館のキッチンに顔を出したのは、ちょうどパンプディングが焼き上がったときだった。

健人とのぞみが見守る中、ミトンをはめてオーブンからケーキ型を出そうとしていた友也は、とっさに大きな声を上げる。

「ちょっと待ってください、今、話しかけないで！」

「おっと、すみません」

友也はそろそろと型を移動させ、キッチンカウンターに置いたケーキ台の上に載せる。ふうっ、と一同からため息が漏れた。これでひとまず、今日のおやつが無事完成しそうだ。

「おいしそうですね。焼き色も食欲をそそられますし、とてもいい香りだ」

氷川は、焼き上がったばかりのパンプディングに目元をゆるめた。

「ほんとですか!?」

友也もついつい、声を弾ませてしまう。最近挑戦しはじめたばかりのおやつ作りだ。上級者の氷川に褒められると、特別に嬉しかった。

「のぞみもてつだったよ！　たまごと、おさとうまぜたの！」

友也のかたわらで、小さなアシスタントが元気よく手を挙げた。すでにトッピングに使う梨のキャラメリゼをつまみ食いしていて、指先と口のまわりがキャラメル色になっている。

「そうなんですか？　すごいな、味見係もしっかりお願いしますね。健人くんもですよ」

「ありがとうございます」

はーい、と返事をするのぞみの隣で、健人はのぞみの口を拭ってやりながら頭を下げた。その表情は、六月の終わり、はぐれ悪魔に憑かれていたころとは比べ物にならない、おだやかなものだ。

あのときなにがあったのか、健人は記憶を失っているらしい。だが、氷川の根気強い説得で、ティーサロンのとき以外でも、こうしてちらほら顔を見せてくれるようになった。

「のぞみ、あじみもちゃんとするよ。きょう、ともやくんのおきゃくさんがくるんだもんね？」

「ああ——そうだ」

氷川は、思い出したように友也に顔を向けた。

「その、お客様ですよ。何時ごろお見えになるんだったかなと確認しにきたんですが」

「ええっと、昼すぎにはって言ってたので、そろそろですかね。飛行機の時間なんかも関係ないから、好きなときに来られるらしいんですけど」

「そうでした。お盆の時期は便利ですね、混雑する成田《なりた》を通らなくていいわけですから」

「それがお盆は、帰省するだけならいいんですけど、東京支部の人はやっぱり大変らしいですよ。逆に、みんないなくなっちゃうから。ニューヨーク支部で厄介なのは、クリスマスだそうです」

「なるほど？　では我が家の客人は、年末にお招きするときは気をつけなければいけませんね」

「クリスマスは……どっちにしろ、忙しそうな商売ですけどね」

「そうですね。では——少し気が早いですが、クリスマスの夜は、ふたりっきりで過ごしましょう」

氷川は、健人とのぞみからは見えない角度で、そっと友也の腰に腕を回してきた。

「約束ですよ。友也くん、私のそばにいてくださいね」

「それは……もちろん、いいですけど。まだ八月なのに、なに言って……、ん、ッ……」

子どもたちに隠れて贈られるキスは、お菓子の味見よりも甘くて参ってしまう。


今からひと月半前、健人に憑いていたはぐれ悪魔の一件で、友也は歌舞伎町の事務所にいた。めったにないことに、事務所長の佐田からの呼び出しを受けたのだ。

事件直後、六月も末日のことだった。

どうやら悪魔協会には、所属悪魔各々についている監視係からも、報告がいっていたらしい。

『おまえについての詳しい事情は、俺たちも知らなかったわけだが』

こほん、と咳払《せきばら》いをして瀬戸は言った。成績についていつも友也を叱りつけていたことに対する、彼なりの謝罪だろう。

所長室には、友也の直属の上司の瀬戸、教育係の飛石も呼ばれていた。友也も含めた三人に、佐田が手ずから、友也を悪魔教会で預かることになった経緯を説明してくれたのだ。

『友也……おまえ、なかなか大変な半生だったんだなぁ……』

情にもろい飛石は、すんすんと鼻を鳴らしながら友也の背を叩いてくれた。悪魔にしてはやさしすぎるその態度を見ていると、もしかすると、友也が完全な悪魔ではなかったとしても、教育係が飛石でなかったら、もう数人は成績を挙げられていたのではないかと思ってしまう。

『――まあ、そういうことだ』

佐田は執務机の前に座り、腕を組んだまま物々しく言った。

座っていたソファーから立ち上がり、友也はぺこりと頭を垂れる。

『氷川さんから、だいたいのことは聞きました。それで、あの、佐田所長が、すごくいろいろ配慮してくださったみたいで。本当に、ありがとうございました』

『なんだ、藪《やぶ》から棒に。座ってろ、気色悪りぃな』

厳しい声で返す佐田は、さすが上級悪魔だなと思う。かけられた言葉のわりに、なんだか嬉しくなってしまって、友也はついえへへと照れながらソファーに座った。

『でも……自分のことも含めて、だいたいの事情はわかりましたけど。なんだか腑に落ちなくて』

友也が首をひねると、瀬戸が、

『やっぱりみそっかすだな、一回の説明でわからんのか。仕方ないな』

と、疑問を聞く姿勢を見せてくれる。

なので友也も、これ幸いと訊いてみた。

『だって、純粋に人間だったころは、天使と悪魔って敵同士だと思ってましたし、神様っていうのは、これもぜんぜん違う世界のお話だと思ってたので……協力体制がどうとか、そういう関係でいいのかなって』

するとと瀬戸は、いかにもやっていられませんという風情でため息をつきながら、ばっさりと友也の問いを両断した。

『馬鹿だな、おまえは。そこは役割がぜんぜん違うんだから構わんだろうが。同業同士、話し合って棲み分けできるんなら、そのほうが効率がいいだろう』

『そうだぞ、友也』

横から、飛石も解説に加わってきた。

『そもそも悪魔は、教会さんのほうの教義拡散のために組織されたってとこもあるからな。まあ、日本は多神教の国だからさ、こういう棲み分けも理解が早くていいわなあ』

わははは、と笑われ、友也は『はぁ……』としか言えなくなった。

『で、おまえはどうするつもりだ、友也』

すっかり和んでしまった空気の中で、佐田はぴしゃりとその場を締めた。やはり、氷川の言うとおり優秀なのだ。選んで悪魔になったわけではない友也に、今後の選択肢をくれるつもりなのだろう。

『僕は……』

友也は、少しの逡巡《しゅんじゅん》のあと、事件直後から考えていたことを口にした。

『僕は、できれば、このまま悪魔でも人間でもあるっていうことを活かしていけないかなと思ってます。今まではぐれ悪魔が憑いてたスペースが空いてるので、なんていうか、おびき寄せやすい体質になってるみたいですし』

一度は氷川に、危険だからと反対された案だった。

だが、友也にしかできないことがひとつでもあって、それが健人やのぞみのような存在を救えるチャンスにつながるのなら、挑戦してみたいと思っていた。

『もし、可能なら……ですけど。このまま、悪魔の資格も持っていられたらいいなって……危険かどうかはさておいても、虫がよすぎると言われる可能性はまだ残っていた。

悪魔の部分が浄化されているのなら、友也はすでにただの悪魔経験者でしかない。優秀な悪魔だったならまだしも、友也は歴史的みそっかすと呼ばれた悪魔だ。このまま事務所に置いてはもらえないという可能性も、じゅうぶんにあった。

『――――』

押し黙ったままの佐田を上目でうかがい、ごくりと唾を飲んで反応を待つ。

ややあって、佐田はのしりと立ち上がった。出口に向かって歩きながら、『上に話はつけておく』と言う。

『え……上、ってことは、組織の総本部ってことですか』

あわてて友也が尋ねると、佐田はぴたりと立ち止まった。友也のほうを振り返り、ぎろりと鋭い目を向ける。

『氷川のとこに行くんだろ』

『えっ……あ、はいっ、できるなら……そのつもり、です』

『なら、そっちとも話はしてやる。せいぜい励め』

バタン、と音を立てたドアの向こうに佐田は消えた。実質的なゴーサインだ。

『あっ……ありがとうございます！』

佐田はたしかに優秀かもしれないけれど、なんだか悪魔らしくはない気がする。はぐれ悪魔に憑かれかけた、人間としてもみそっかすの友也に、こんなによくしてくれるなんて。

（ほんとに……ありがとうございます、所長）

佐田が消えたドアの前で、友也はしばらくのあいだ、頭を上げられなかった。

そのあと佐田は、本当に氷川と話をつけるため、この教会を訪れてくれた。おかげで友也は、悪魔の資格も剝奪されず、体質も淫魔のままだ。人間と悪魔のあいだにあって、しかも憑かれやすいという特性を活かし、氷川とともにはぐれ悪魔の懲戒や処罰にあたるということで話がついた。

あれから、ひと月半が経つ。

友也は事務所の寮から教会へと居を移し、教会の仕事やはぐれ悪魔のパトロールなどに忙しい日々を送っている。――もちろん夜は夜で、伴侶の相手に忙しいわけだが。

「おや、なにか、私に不満でもありますか？」

キスを解いた氷川は、友也の顔を見て片眉を上げた。

「……いえ、なんでも」

（言えるわけない……毎晩ぐったりするまで愛されて、寝不足だなんて……）

なんといっても、氷川は人ならざる存在なのだ、神様なのだ。体力に際限はないし絶倫だしで、友也は毎晩、許してと泣きを入れるまで愛されている。

いつだったか、さすがにこのままでは身が保たないと思った友也は、押し倒されそうになったベッドの上で、折り入って氷川に話をした。

『それは、仕方がありませんよ。友也くんが可愛いのが悪いんですから』

『だから……そういうことじゃ、なくってッ……！』

隙あらばキスをしようと迫ってくる顔を押しのけながら、友也は氷川に訴える。

『だいたい、新しい家族が欲しいってだけなら実際にコトに及ばなくてもいいんじゃないですか？　なんてったって氷川さん、神様なんですから。わざわざ人間っぽいことしなくていいような気がするんですけど』

『それは……様式美というものがあるじゃないですか。情緒とか』

『は……？』

『案外わかってないんですね、友也くんは』

大げさに肩をすくめると、氷川はがばりと友也の身体を抱き込んだ。

『ちょっ……だから今日は、しないって……！』

『友也くん、私はなにも、ただ家族が増えればいいと思っているのではないんです。愛しいきみと愛し合って、その証として家族が増えたら最高だと思っているだけで』

『あ……も、ッ、触んな……で、あぁっ……』

『だから、きみと触れ合ってぬくもりを分かち合える、人間のかたちでいたいんですよ。そうでないと、きみに触れないでしょう？　こんなふうに』

『ひ……、アっ……』

『ねえ？　今日もここで、たくさん精液を受け取ってくださいね――』

『あっ……ぐちゅぐちゅ、しな……でッ、あ、あぁっ……』

――思い返していると、情けなさに脱力しそうになる。けっきょく毎晩、このパターンなのだ。

（ただでさえ、今日は朝からなんだか熱っぽいのに……）

夏の盛り、八月もなかばだ。

まさか熱中症じゃないよなぁ、と友也は屋外の陽射しに目をすがめた。屋内にいても、熱中症にならないわけではないらしい。人ならざる存在の氷川はいいとして、健人やのぞみには気をつけていてやらないとな、と思ったところで、ぴんぽーん、と呼び鈴の音がした。

「おきゃくさんだ！」

キッチンを飛び出たのぞみを追って、玄関に向かう。

すると、夏の明るい太陽のもと、扉の開いた玄関に立っていたのは——。

「……姉ちゃん！」

「来たよー！」

ひさしぶりに見る姉は、亡くなったときからなにひとつ変わらないうつくしい姿のままで、ひまわりのような笑顔を振りまいた。

「人のなりでお会いするのははじめてですね。氷川です、はじめまして」

いつのまにか隣に立っていた氷川が、ニューヨーク支部勤務の姉に合わせてか、すいと右手を差し出した。姉もそれに、握手で応える。

「友也の姉の、綾子です。友也がいつも、お世話になってます」

いろんな意味でね、とこちらを向いてにやりとしたところを見ると、綾子はこの滞在中、そちらも存分にからかおうという魂胆らしい。それも当然といえば当然だ——綾子には氷川のことを、自分の生涯の伴侶だと伝えているのだから。

「じゃあ、あなたたちが健人くんとのぞみちゃんね！　ニューヨークのおみやげがあるよ！」

「やったー！」

満面の笑みではしゃぐのぞみと健人に、綾子は英語の絵本やペーパーバックを渡していた。面倒見のいい姉だから、小さい子どもたちと接するのは、純粋に楽しいことなのだろう。

友也は微笑ましくそれを見ながら、氷川とお茶の用意をする。

今日のおやつは、角のパン屋さんがくれたパンを使った、パンプディングだ。八百屋さんがくれた梨と無花果《いちじく》、ナッツのキャラメリゼを添え、ちょっとだけ大人っぽい味に仕上げている。

パンプディングを丸い型で大きく焼いたのは、先日、沙耶香のお別れ会の日に買ってきたホールケーキに、思った以上の人気があったからだ。

手近な材料でホールのお菓子を作ることができれば、もっと子どもたちが喜んでくれるかもしれない。そう思って、休日に試作を重ねている。氷川にはまだまだ及ばないが、おやつ作りも、友也が「自分にできることはなんだろう」と思ってはじめたことだった。

「へえ、友也、すごいじゃない。お菓子なんて作れるようになったんだぁ」

テーブルにつき、切り分けたパンプディングを頬張った綾子は、開口一番そう言った。

「うーん、おいしい。この、キャラメルがちょっとほろ苦いところがいいね」

「そう。姉ちゃん、大人っぽい味好きだったでしょ？」

「よく覚えてるねえ。偉いぞ、弟」

ぐしゃぐしゃと髪をかき回されながら、友也は泣きたいくらい懐かしい気持ちに襲われた。

姉の綾子は、事故で亡くなったとき、教会にスカウトされていたようだ。すなわち、今は教会の二ユーヨーク支部で、天使の職に就いている。

健人とのぞみには、「夢を叶えて海外駐在中の姉が、バカンスで一時帰国する」といったような説明をした。当たらずといえども遠からずというところだろう。けっきょく綾子は、死後とはいえ英語を使う仕事に就いたし、今回の旅はいわゆる帰省だ。

実は、亡くなった人というのは、日本だとお盆に魂だけ帰ってくることが多いのだという。生きている人にバレてはいけないというルールのため、姿を変えて戻ってくる人もいるそうだ。

『そのあたりは、お国柄もありますけどね』

氷川はそう解説してくれたけれど、具体的にはどういうことなのか、日本にしか住んだことのない友也には少々わかりづらかった。

いずれにせよ――。

こうしてまた、綾子の笑顔を見られることが嬉しい。氷川と健人、のぞみに綾子、みんなでテーブルを囲んでいると、なんだか家族団欒《だんらん》をしているようだ。

「健人くん、プディングおかわりは？」

皿が空いているのを見つけた友也は、健人に声をかけてみた。

「えっ、おかわりできるの？　じゃあ私もー！」

「のぞみもー！」

「では、私も」

三人が元気よく空の皿を差し出すのを、友也は照れくさいような気分で受け取った。

「健人くん、どうする？」

もう一度訊くと、健人もおずおずと皿を差し出し、「おいしかったです」とはにかんだ。やった、とガッツポーズでキッチンに入ると、ティーポットを持った綾子が後ろから追ってくる。

「――なんだか、安心しちゃった」

「なにが？」

パンプディングを取り分けながら尋ねると、綾子は「友也のまわり、家族みたいな人たちがいてくれるんだね」と微笑んだ。友也も、つられるように微笑み返す。

「……うん。でも、それが幸せだって思えるのは、姉ちゃんのおかげだと思う」

「私の？」

「そうだよ。僕のこと、引き取って育ててくれて、ありがとう」

あらためて頭を下げると、綾子はすんと鼻を鳴らして「なによ、もう」と友也の腕を叩いた。

「ほら、早く戻ろ。あれ、プディング、ひとつ足りなくない？」

「僕、ちょっとおかわりはパス。そこまで食欲なくて」

「ふうん、大丈夫？　夏バテとか？」

さらりと髪を揺らして首をかしげた綾子に、「ああ、夏バテかもなぁ」と現状を話す。

「なんだかここのところ、ちょっと熱っぽくてさ。なんとなく身体も重いし、ときどき胸焼けしたみたいにむかむかするし、前みたいにお腹も減らないっていうか――」

「ちょっと待って、友也。それって……」

綾子にがしっ、と両手を握られ、友也は一歩後ずさった。

「えっ……な、なに、姉ちゃん」

「もしかして、おめでたじゃない？」

「え――はぁっ？」

すっとんきょうな声を上げたところに、ごとん、と鈍い物音がする。なんだ、と驚いて音のしたほうを見やると、氷川が足の上にカップを落としたところだった。

「ちょっ、氷川さん、なにやって……あ、カップは無事か、よかっ……」

「それどころじゃないでしょう――友也くん！」

「え……、っ、わ……！」

駆け寄ってきた氷川に、がしりと両肩を摑まれる。

「赤ちゃんができたって……本当ですか」

「いや……わかんないですけど」

「じゃあちょっと、身体の中見せてもらいますよ。いいですね、今日は特例措置で」

「あ、はい……？　それはもう……」

うろたえているうちに、氷川は友也の腹に手のひらを当てた。

ぽうっとあたたかく、光が点ったような感じがしたかと思うと、氷川にぎゅうっと抱きしめられる。

「——いました？　あなたの、新しい家族」

小声で尋ねてはみたけれど、結果は聞かなくても明白だった。友也の首筋に顔を埋めた氷川は、めったにないことながら言葉にもできないらしく、こくこくとうなずいている。

「と、ともやくん」

呼びかけられてそちらを向くと、びっくりした顔ののぞみと健人がキッチンをのぞいている。

「どうしたの、だいじょうぶ？」

氷川の様子がふつうではないので、すっかり驚いているのだろう。氷川も、のぞみの声を聞いて我に返ったらしく、目元を拭って振り返った。

——うわ、すごい、いつもはあんな冷静な人が、ちょっと泣いてた。

「おいで、のぞみちゃん、健人くん」

氷川はのぞみたちを抱き寄せると、友也が腹に当てていた手のひらに、自分の手のひらを重ねた。

「ここにね、赤ちゃんが来てくれたんです」

「あかちゃん？」

「そうです。可愛がってくれますか？」

言いながら、氷川は友也を見つめた。愛おしさ、感謝、喜び、期待……言葉にできない感情が、いっぱいに詰まったまなざし。

足元にまとわりつくのぞみが、「うん！」と愛らしい声を上げる。

「あたらしいかぞくだね？　のぞみ、いっぱいかわいがるよ！」

「そう——新しい家族です。ありがとう、のぞみちゃんはお姉さんだね」

氷川は、友也の身体をそうっと腕の中に入れた。腹に負担がかからないように、慎重に、愛情しか感じられない手つきで友也を抱きしめる。

「——友也くん」

「……はい」

「私に、新しい家族を作ってくれてありがとう。大切にします、きみも——お腹の子も」

「……はい……」

「愛しています、友也くん」

わずかに腕の力をゆるめた氷川は、まぶしいものに向き合うような顔をして笑った。

泣き出しそうに見えるその顔に、友也の目にも涙が滲む。のぞみも、ちょっと驚いた顔をした健人も、のぞみと健人の肩に手を置く綾子も、祝福を送ってくれているようだ。

そっと肩を引き寄せられて、友也は自然に目を閉じた。

唇が触れ合うと、のぞみがきゃっと歓声を上げる。

（この人に……家族を作ってあげられて、よかった）

——氷川さんと、家族になれてよかった。

しっとりと重なる唇、腰に回る手のひらから、ぬくもりが伝わってくる。

友也はもう、ひとりではなかった。そして氷川も、ひとりではない。愛するものの腕に抱かれ、自分の腕で抱き返す。寄り添い合い、支え合って生きていく。

(そばにいよう、ずっと)

ふたりのあいだに生まれた未来に、希望の光を感じながら――。

心から愛するものとのやさしいキスに、友也はうっとりと酔いしれた。

あとがき

どうも、三津留《みつる》です。

今回は、リンクスロマンスさんではじめての、ちょっとファンタジックな要素が入ったお話です。もしかして、自分が知らないだけで現実もこんなふうになってたらおもしろいかもと考えた世界観に、黒髪眼鏡のS系神父、かっこいいお姉ちゃん、甘いおやつにちびっこ要素などなど、好きなものをいろいろ詰め込んでみました。

実は、このお話のネタを考えている段階で、近所の教会のミサに行ってみたり、ご縁があって教会の子ども食堂ボランティアに参加させていただいたりしたのですが、いろいろと新しく知ること、気づくことが多かったです。私自身にはこれといって信仰するものがないので、まったく知らない世界だったんですよね、教会の中。なるほどなあ、興味深いなあと思ったところは、ちょこちょこ作中に入れ込んでみました。

自分にとって新しい発想や文化、コミュニティに触れると、いくつになっても世界がぐっと広がる気がしますね。職業柄、生活範囲や考え方が狭くなりがちですが、今後はもっと意識して、広いところに足と心を持っていきたいです。

というわけで、だいぶトンチキな設定のお話ではありますが、萌えと実感をわりとしっ

あとがき

かり織り込めたのではないかと思います。どこかちょっとでも、読者さんの感情に引っかかるところがあればうれしいです。萌えどころが同じなら、なおうれしい(笑)。

本書の刊行までには、普段以上にたくさんの方にお世話になりました。

ボランティアでお世話になりましたY先生、S先生、貴重な経験をさせていただき、ありがとうございました。お二方に引き合わせてくれたYちゃんも、いつもありがとう！

イラストをご担当くださいました尾賀《おが》トモ先生。可愛さと色気、かっこよさが自然に同居しているイラストに、ただただ感嘆です。素敵なイラストをありがとうございました！

根気強くご指導くださいました担当Tさま。ネタ選びからタイトルづけまでお世話になりっぱなしで、もう感謝しかありません……。次もよろしくお願いいたします。

ほか、校正者さん、印刷所さん、営業さん、書店さん、この本に関わってくださったすべてのみなさまに、この場を借りて心からのお礼を申し上げます。

そして、読者のみなさま！　貴重なお時間を割いて読んでくださり、ありがとうございました。少しでも楽しんでいただけたところがあるといいのですが。よろしければ、ご感想などお聞かせください。

また、別のお話でもお目にかかることができますように。

ありがとうございました！

三津留ゆう

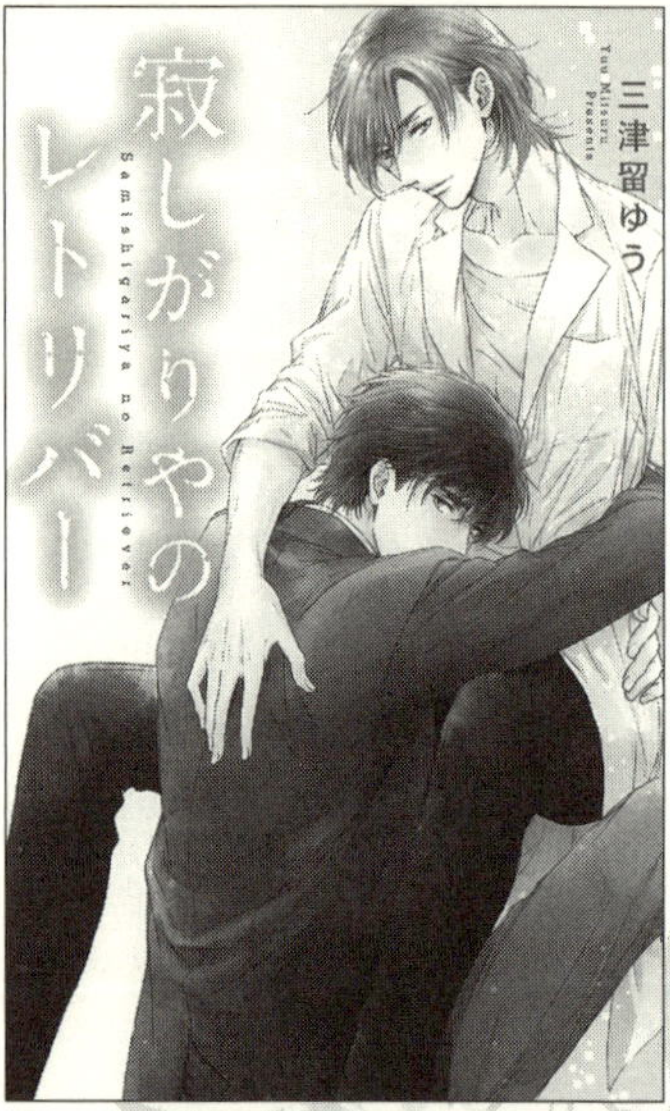

寂しがりやのレトリバー《さみしがりやのレトリバー》

三津留ゆう
イラスト：カワイチハル

本体価格870円+税

高校の養護教諭をしている支倉誓は、過去のある出来事のせいで誰かを愛することに臆病になり、一夜限りの関係を続ける日々を送っていた。そんなある日、夜の街で遊び相手の男といるところを生徒の湖賀千尋に見られてしまう。面倒なことになったと思うものの、湖賀に「先生も寂しいの？」と聞かれ戸惑いを覚えてしまう支倉。「だったらおれのこと好きになってよ」と縋りつくような湖賀の瞳に、どこか自分と似た孤独を感じた支倉は、駄目だと思いつつ求められるまま身体の関係を持ってしまうが…。

リンクスロマンス大好評発売中

初恋のつづき《はつこいのつづき》

三津留ゆう
イラスト：壱也

本体価格870円+税

バーで働く響には、幼馴染みの直純との苦い思い出があった。響は小さな頃から引っ込み思案だった直純の面倒を見てきたのだが、高校生のある日、彼に恋愛感情を抱いていると自覚してしまったのだ。このまま直純のそばにはいられないと思い、何も告げずに姿を消した響。だがそれから十年後、ずっと響を探していたという直純が現れ「やっと見つけた。もう絶対に離さない」と思いもかけない力強さで抱き締められ——。

セックス・スキャンダル《セックス・スキャンダル》

三津留ゆう
イラスト：乃一ミクロ

本体価格870円+税

ゴシップ週刊誌の駆け出し芸能記者・柴田は、『人気俳優の乱交疑惑』という眉唾もののネタをものにするため、伝説の凄腕カメラマンで現役引退中の佐治の元を訪れる。ところが、佐治はスターカメラマンの面影は全くない、やさぐれて食えない下衆男だった！依頼を受ける条件にヌードを撮らせろと迫られた柴田は、その写真をネタに取材の間中エロい悪戯を仕掛けられることに…。そんな中、次第にヤクザも絡む一大スキャンダルの全容が明らかになっていき!?

リンクスロマンス大好評発売中

ヤクザに花束《やくざにはなたば》

妃川 螢
イラスト：小椋ムク

本体価格870円+税

花屋に勤めながらかつて亡くなった両親と暮らしていた自宅兼店舗を買い戻し、花屋を再開できたらと夢見ている木野宮悠宇は、ある日、隣の楽器店で幼い子供を保護することに。その子供は毎月同じ日に花束を買い求めていく男、有働の子供だと知り驚く悠宇だが、その子供に懐かれピアノを教えることになってしまう。そんな有働は実はインテリヤクザで…。

月の旋律、暁の風

つきのせんりつ、あかつきのかぜ

かわい有美子

イラスト：えまる・じょん

本体価格870円+税

奴隷として異文化の国へと売られてしまった、美しい金髪に整った顔立ちのルカは逃げ出してある老人に匿われることに。翌日には老人の姿はなく、かわりにいたのは艶やかな黒髪と銀色に煌めく瞳を持つ信じられないほどに美しい男・シャハルだった。ルカは、彼の手伝いをして過ごしていたが、徐々にシャハルの存在に癒され、心惹かれていく。実はシャハルはかつてある理由から老人に姿を変えられ地下に閉じ込められてしまった魔神で、そこから解き放たれるにはルカの願いを三つ叶えなければならなかった。しかし心優しいルカにはシャハルと共に過ごしたいという願いしか存在せず…。

リンクスロマンス大好評発売中

天上の獅子神と契約の花嫁

てんじょうのししがみとけいやくのはなよめ

月森あき

イラスト：小禄

本体価格870円+税

明るく天真爛漫なマクベルダ王国の皇子・アーシャは、国王である父や兄を支え、国民の暮らしを豊かにするために、日々勉学に励んでいた。しかし、成人の儀を一ヶ月後に控えたある日、父が急な病に倒れてしまう。マクベルダ王国では、天上に住む獅子神に花嫁を差し出すことで、神の加護を得る習わしがあった。アーシャは父と国を救うため、獅子神・ウィシュロスの元へ四代目の花嫁として嫁ぐことを決める。穏やかで優雅なウィシュロスに心から惹かれていくアーシャだが、自分以外にも彼に愛された過去の花嫁の存在が気になりはじめ――?

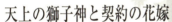

触れて、感じて、恋になる

ふれて、かんじて、こいになる

宗川倫子

イラスト：小椋ムク

本体価格870円＋税

後天性の病で高校二年生の時に視力を失った二ノ瀬唯史は、その後、鍼灸師として穏やかで自立した生活を送っていた。そんなある日、日根野谷という男性患者が二ノ瀬の鍼灸院を訪れる。遠慮ない物言いをする日根野谷の第一印象は最悪だったが、次第にそれが自分を視覚障害者として扱っていない自然で対等な言動だと気付く。二ノ瀬の中で「垣根のない彼と友達になりたい」という欲求が膨らみ、日根野谷も屈託なく距離を縮めてくる。一緒にいる時間が増すごとに徐々にときめきめいた感情が二ノ瀬に芽生えはじめるが――？

リンクスロマンス大好評発売中

翼ある花嫁は皇帝に愛される

つばさあるはなよめはこうていにあいされる

茜花らら

イラスト：金ひかる

本体価格870円＋税

トルメリア王国の西の森にある湖には、虹色に煌めく鱗を持つ尊き白竜・ユナンが棲んでいる。ある日、災厄の対象として狩られる立場にあるユナンの元に、王国を統べる皇帝・スハイルが討伐に現れた。狩られる寸前、ヒトの姿になり気を失ったユナンだったが小さなツノを額にもつユナンは不審に思われ、そのまま捕らわれてしまう。王宮に囚われたはずのユナンだったが、一目惚れされたスハイルにあれやこれやと世話をやかれ、大切にされるうち徐々に心をひらいていく。やがてスハイルの熱烈なアプローチに陥落したユナンは妊娠してしまい…。

この本を読んでの
ご意見・ご感想を
お寄せ下さい。

〒151-0051
東京都渋谷区千駄ヶ谷4-9-7
(株)幻冬舎コミックス　リンクス編集部
「三津留《みつる》ゆう先生」係／「尾賀《おが》トモ先生」係

リンクス ロマンス

インキュバス孕《はら》スメント

2018年9月30日　第1刷発行

著者……………三津留《みつる》ゆう
発行人…………石原正康
発行元…………株式会社　幻冬舎コミックス
〒151-0051　東京都渋谷区千駄ヶ谷4-9-7
TEL 03-5411-6431（編集）
発売元…………株式会社　幻冬舎
〒151-0051　東京都渋谷区千駄ヶ谷4-9-7
TEL 03-5411-6222（営業）
振替00120-8-767643
印刷・製本所…株式会社　光邦
検印廃止

ISBN978-4-344-84315-8 C0293
Printed in Japan

幻冬舎コミックスホームページ　http://www.gentosha-comics.net